ようこそ実力至上主義の教室へ 1年生編公式ガイドブック First File

原作：衣笠彰梧

MF文庫J

ようこそ実力至上主義の教室へ
1年生編公式ガイドブック
First File

CONTENTS

巻頭折り込み 東京都高度育成高等学校
年間行事

P011 東京都高度育成高等学校
人物紹介

P109 東京都高度育成高等学校
活動報告

P247 巻末特典
『初めての電話』
『一之瀬帆波の春休み －最終日－』
初出:「ようこそ実力至上主義のフェスタへ in Akihabara」特典

Welcome to the Classroom of the First-year
Official Guidebook First File

東京都高度育成高等学校

人物紹介

The Tokyo Metropolitan Advanced Nurturing High School Character Guide

実力至上主義の高度育成高等学校でAクラスを目指すのは、一癖も二癖もある生徒たち。それを見守る教師を含めた魅力ある人物を紹介します。

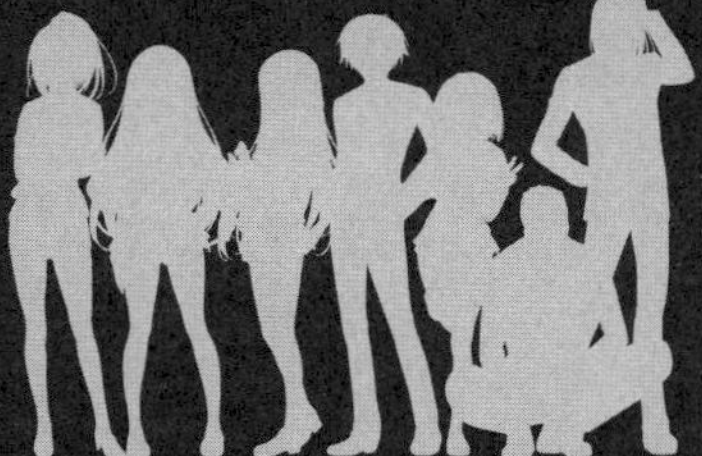

The Tokyo Metropolitan
Advanced Nurturing High School

学校案内 School Guide

設備

生活環境が揃った高度育成高等学校

60万平米を超える敷地を持つ。生徒は、敷地内にある学生寮での生活を義務付けられている。そのため、敷地内にはコンビニから家電量販店など数多くの施設があり、さながら小さな街が形成されている。

理念

優秀な人材育成を目指す徹底した教育

日本政府が、優秀な人材の育成を目的として設立。実力主義を謳い、徹底した指導を行う。実は入学できるのは、事前調査で当校に所属するに値すると評価された者のみ。面接や試験は見せかけのものだ。

システム

学校内のあらゆるものがポイントで購入可能

プライベートポイントで、施設の利用や商品の購入が可能なシステム。1プライベートポイントが1円の価値を持ち、学生証や携帯で取り引きされる。毎月1日に配付されるこのポイントは、クラスの評価で決まる。

●クラスポイントとプライベートポイント

クラスポイント（cl）

clはclassの略。クラスの評価。ポイントの多いクラス順にA～Dクラスに変動。

プライベートポイント（pr）

prはprivateの略。毎月１日に生徒に支給され、学校内で自由に使えるポイント。

プライベートポイントの算出方法

（クラスポイント ± 各生徒の評価 ± 特別試験結果）× 100 ＝ プライベートポイント

Classroom of Horikita

1-D

［堀北クラス］

クラスランク

1月　Cクラスに昇格

3月　Dクラスに降格確定

東京都高度育成高等学校
生徒証明書

綾小路《あやのこうじ》清隆《きよたか》

学籍番号
S01T004651

クラス
1-D（堀北クラス）

部活動
無所属

誕生日
10月20日

『クラスでは目立たない存在。実は天才育成を目的とした教育機関「ホワイトルーム」で徹底した教育を受け、常人離れした学力と身体能力を持つ。日頃はその実力を隠すが、周囲に降りかかる問題を裏から解決に導くことも。』

「最後にオレが『勝って』さえいればそれでいい」

能力評価

7/1時点

入学試験では全教科の点数を意図的に50点で揃えたので学校側からは「平均をやや下回る」とみなされ、身体能力も評価は高くない。人が一生を通じて得るような知識量を有しているが、一般的な高校生が知っているような常識には疎い。

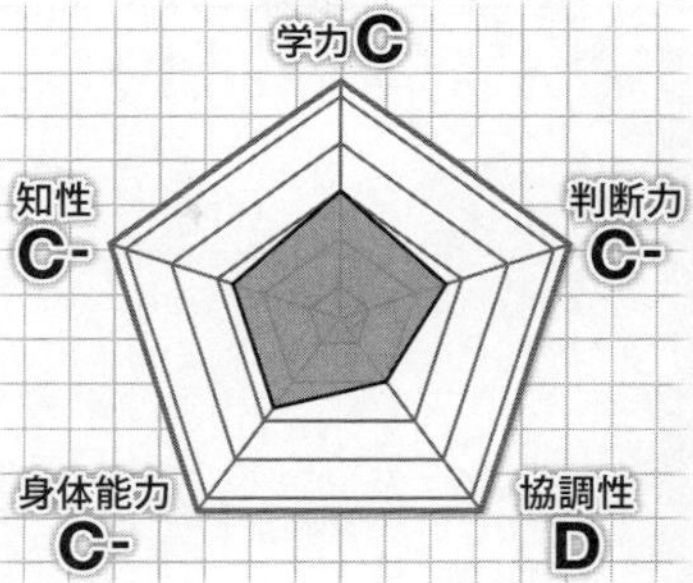
学力 C
判断力 C-
協調性 D
身体能力 C-
知性 C-

生徒調査書

顔立ちは整っているが コミュニケーション能力は低い

身長は176㎝と平均よりやや高く、1年女子によるイケメンランキングでも5位。しかし、他人との距離を縮めるのが苦手で、クラス内では孤立気味だった。後のペーパーシャッフルを通じて、日常的に付き合う仲間に恵まれる。

最終的な勝利のためなら 手段を問わない無慈悲さ

最終的に自分が勝てばいいという考えの持ち主。目的のために他人を利用し、そこに罪悪感を覚えることもない。Cクラス女子たちによる軽《かる》井《い》沢《ざわ》恵《けい》への反感を使い、軽井沢を手駒にするなど、冷徹で利己的な性格をしている。

綾小路の身辺調査

東京都高度育成高等学校
追加報告書

過去 Past

高度育成高等学校へ入学した経緯

綾小路の父が運営するホワイトルームは、生まれた時より社会から隔絶した環境で過酷なカリキュラムを課し、『持たざる者』を人為的に天才にするべく設立された教育機関である。とりわけ綾小路が所属した『魔の4期生』は、あまりに苛烈な教育プログラムだったために生徒が続々と脱落。そんな中ただ1人残ったのが綾小路で、それ故にホワイトルームの「最高傑作」と評価されている。諸般の事情でプロジェクトが一時中断中に、綾小路家の執事である松雄《まつお》の手引きにより、高度育成高校に入学する道を選んだ。

特別試験 Special Exam

『黒幕X』に徹した1年時の活動実態

入学当初は目立たないことを第一に、平穏に過ごすことを目標としていた。しかしながら、Aクラス昇格のために綾小路を利用したい茶柱《ちゃばしら》に脅迫され、堀北《ほりきた》を裏から指示する黒幕Xとして、クラスに降りかかる問題の解決に協力するようになる。

また、急遽《きゅうきょ》赴任してきた月城《つきしろ》理事長代理が、綾小路を退学に追い込むために追加試験としてクラス内投票を実施。さらに選抜種目試験では試験そのものに介入してきたため、自分を守るために行動する。現在のところ、彼の最終目的は明らかになっていない。

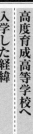

Kiyotaka Ayanokoji's Background Check

堀北クラス

対人関係 Human Relationship

体育祭を境に交友関係に変化が

入学後しばらくは友達を作ることができず、結果的に『クラスの3バカ(須藤《すどう》、池《いけ》、山内《やまうち》)』から誘われる機会が多かった。プールの女子更衣室を盗撮する企《たくら》みに荷担させられそうになるなど、巻き込まれることも多々あった。だが、体育祭で生徒会長の堀北学《まなぶ》とデッドヒートを繰り広げて実力の片鱗を覗《のぞ》かせると、池たちからは敬遠されがちに。一方でペーパーシャッフルを経て、なりゆきで綾小路グループ(長谷《はせ》部《べ》、幸村《ゆきむら》、三宅《みやけ》、佐倉《さくら》)が形成されると、本人もこのグループに居心地の良さを感じるようになる。

恋愛 Affection

軽井沢と恋人関係にその真意は……？

高度育成高校に在学中は「ホワイトルームでは学べなかったこと」を身につけようと考えるようになる。1年生の春休みに軽井沢と正式に付き合うことになるが、その真意は「恵を通じて恋愛を学習する」ことであった。

東京都高度育成高等学校
生徒証明書

堀北《ほりきた》鈴音《すずね》

学籍番号
S01T004752

クラス
1-D（堀北クラス）

部活動
無所属

誕生日
2月15日

Suzune Horikita

「私は、これからクラスメイトのために自らが前を歩いて行けたらと思っています」

『Dクラスのリーダー的存在。入学当初はクラスメイトとの交流を絶っていたが、Aクラスへ昇格するにはクラスが一丸となる必要があると学ぶ。特別試験を経て徐々にクラスの中心となり、リーダーとしての資質を開花させつつある。』

能力評価

7/1時点

学力は学年トップクラスで、身体能力も高く武道も修得している。成績面では「Aクラス相当の実力」と評価されているが、他者への思いやりに欠けるためDクラスに配属。本人はその処遇に納得がいかず、Aクラスへの昇格を目標に掲げる。

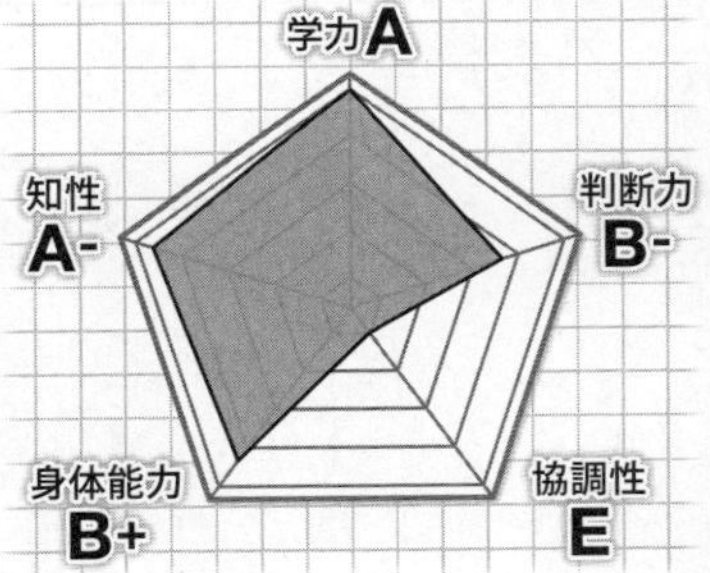

生徒調査書

孤高と孤独の違いを徐々に理解する

入学当初は他人を見下すような傲慢《ごうまん》さがあり、クラス内では望んで孤立していた。体育祭での挫折を機に、自ら勉強会を開いてクラス内の成績下位者たちの学力向上を図るなど、クラスメイトと協力するようになった。

絶対的な存在の兄の前では普段の自分が出せない

普段は強気で自信に満ち溢《あふ》れているが、兄・堀北学《まなぶ》のことになると弱気になり、生徒会で須《す》藤《どう》を弁護する際には体が萎縮していた。憧れるあまり兄を意識しすぎていたものの、素直な心情を吐露することで兄と向き合い和解した。

堀北の身辺調査

目標 Goal

開花しつつある リーダーとしての資質

もともとは兄を追って高度育成高校に入学したにもかかわらず、Dクラスに配属されてしまった。それ故「兄に追いつくため」「兄に認められるため」といった個人的な動機だけで、誰よりも強くAクラス昇格を目指していた。しかし、クラスを押し上げるにはクラスメイトの協力が必要だと痛感し、心境にも変化が出てきた。とりわけクラス内投票では先頭に立ってクラスに方針を提示し、選抜種目試験でも平田《ひらた》に代わってクラスメイトの情報を集めて対策を講じるなど、リーダーとしての資質を発揮していくのであった。

対人関係 Human Relationship

好意も敵意も 一方的になりがち？

入学当初、話し相手は隣の席の綾小《あやのこ》路《うじ》くらいだった。特別試験を通じて次第に他の生徒とも交流を持つようになるが、櫛田《くしだ》からは中学時代の逆恨みで敵愾心《てきがいしん》を持たれる。しかし、櫛田が持つ他人を味方にする能力は自分にないものとして彼女を重要視。櫛田との関係を修復し、協力体制を築きたいと願っている。須藤からは片思いされているが、本人はそのことに無自覚。また、無人島試験を機にCクラスの伊吹《いぶき》からライバル視されるなど、本人の意志とは無関係に、一方的に他人から強い感情を抱かれやすいのかもしれない。

Suzune Horikita's Background Check

堀北クラス

過去 Past

兄の好みに合わせていた ロングの髪型

兄に対する尊敬の念が強すぎて、学が「長い髪が好き」と言った嘘《うそ》を真に受け、髪型をロングのストレートにしていた。兄の影を追うことをやめ、偽物の自分と向き合えた際に、昔のように髪を短く切って兄の前に立った。

綾小路 with Ayanokoji

綾小路の実力に対する認識の変遷

高度育成高校に入学して間もない5月、寮の裏手で堀北学と再会。話がこじれ兄から実力行使されそうになったところを、綾小路に助けられた。その後、兄が綾小路を気にかけるようになったことからも、彼が能力を隠していることを早い段階で疑う。綾小路が非協力的で実力を発揮しないことに焦《じ》れていたが、実際に目の当たりにする機会は少なく、彼がどの程度の実力か測りかねていた。だが、選抜種目試験のチェスで坂柳《さかやなぎ》と互角に渡り合うさまを見せつけられ、Aクラス昇格には綾小路の力が必要だと再認識するに至る。

東京都高度育成高等学校
生徒証明書

堀北クラス

櫛田《くしだ》桔梗《ききょう》

学籍番号
S01T004721

クラス
1-D（堀北クラス）

部活動
無所属

誕生日
1月23日

「つまらない過去でしょ？
だけど私にとってはそれが全て」

Kikyo Kushida

「学校中の生徒と友達になること」が目標で、Dクラス内だけでなく他クラスにも友人が多い。人当たりがよく絵に描いたような善人だが、誰とでも仲良くするのは承認欲求を充足させるため。内心では他人を見下している。

堀北クラス

能力評価

7/1時点

「学力、身体能力共にBクラス相当」と学校側は評価するも、中学時代の行動が問題視されDクラスに配属。幼少期より成績は優秀だったが、成長するにしたがい、本人の承認欲求を満たせるほどの評価は得られなくなってきている。

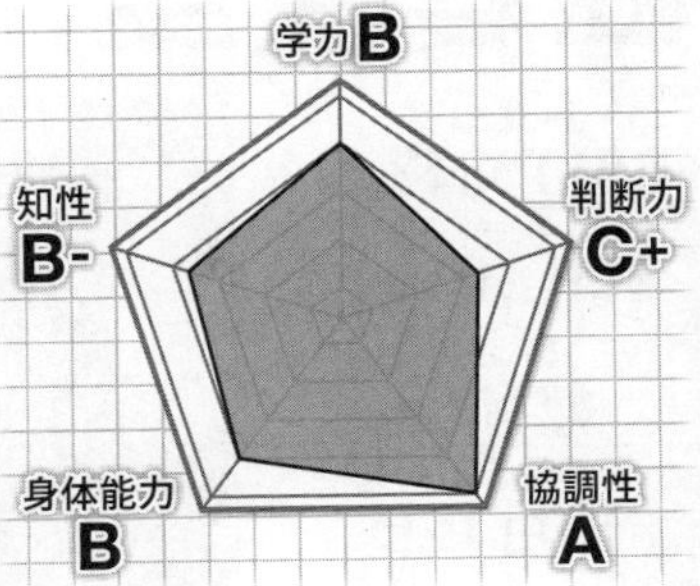

生徒調査書

学年でトップクラスの人気者の本当の性格

男女問わず人気があり、悩み相談に乗るので、多くの生徒の秘密や人間関係に精通している。相談役となるのは『一番の人気者』という不動の地位を手に入れるためであり、何事も自分が一番でなければ我慢ならない性格に由来する。

過去を知る存在は排除し平穏な学校生活を求める

対人関係のストレスのはけ口として、中学時代には匿名ブログに同級生の秘密や悪口を書き連ねていた。その行為が明るみに出て、クラスは崩壊。同じ中学出身でその過去を知る堀北《ほりきた》、偶然本性を知った綾小路《あやのこうじ》の退学を目論《もくろ》む。

東京都高度育成高等学校
生徒証明書

佐倉愛里《さくら あいり》

学籍番号
S01T004738

クラス
1-D（堀北クラス）

部活動
無所属

誕生日
10月15日

『気弱で引っ込み思案な性格。伊達メガネをかけ猫背に俯《うつむ》きがちと目立たない外見をしているが、実は容姿に優れ、中学時代はグラビアアイドルとして活動していた。ストーカー被害から救ってくれた綾小路《あやのこうじ》に好意を寄せるようになる。』

「わた、わたし、私も綾小路くんのグループに入れて！」

能力評価

7/1時点

学力評価はC＋と平均並みで、特筆に値する能力はない。とりわけコミュニケーション能力が低く、人前で発言する機会も乏しいが、無人島試験で綾小路が下着泥棒の濡れ衣を着せられかけた時は、彼を庇うために決意して異議を唱えた。

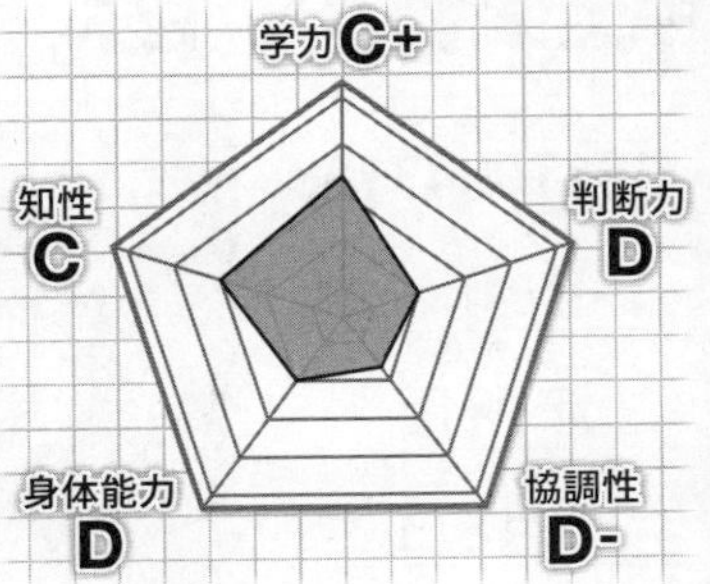
学力 C+
判断力 D
協調性 D-
身体能力 D
知性 C

生徒調査書

憧れのグループに入るため 踏み出した1歩

人付き合いが苦手で友達を作れず孤立気味だった。綾小路たちがペーパーシャッフルの試験対策として組んだグループが、真の友人グループとなりつつあるのを見て、勇気を振り絞ってグループへの加入を願い出る。

自分を変えるために 本名を隠してアイドル活動

内気な性格を変えたくて中学2年生からグラビアアイドル（芸名は雫《しずく》）をやっていた。現在、アイドル活動は休止中だが、ネットに自撮り写真を公開しているので、カメラを手に敷地内を散策し、撮影するのが趣味となっている。

軽井沢 恵
かるいざわ けい

堀北クラス

学籍番号
S01T004718
クラス
1-D（堀北クラス）
部活動
無所属
誕生日
3月8日

「あたしにだって、最後まで格好つけたいことはある……！」

『ギャルのような外見と強気な性格で、クラス内のカースト最上位に位置する女子。中学時代に虐めを受けていた過去を綾小路に知られるが、取引によってその過去は守られ綾小路の協力者に。1年の春休みに綾小路と付き合う。』

堀北クラス

能力評価

7/1時点

中学時代は虐めの影響で勉強に集中できる環境ではなかったため基礎学力は低い。しかし頭の回転は速く、綾小路と冬休みにケヤキモールで南雲雅に邂逅した際には、あえて軽口を叩いて緊迫した空気を和ませるなど、機転の利く一面を見せた。

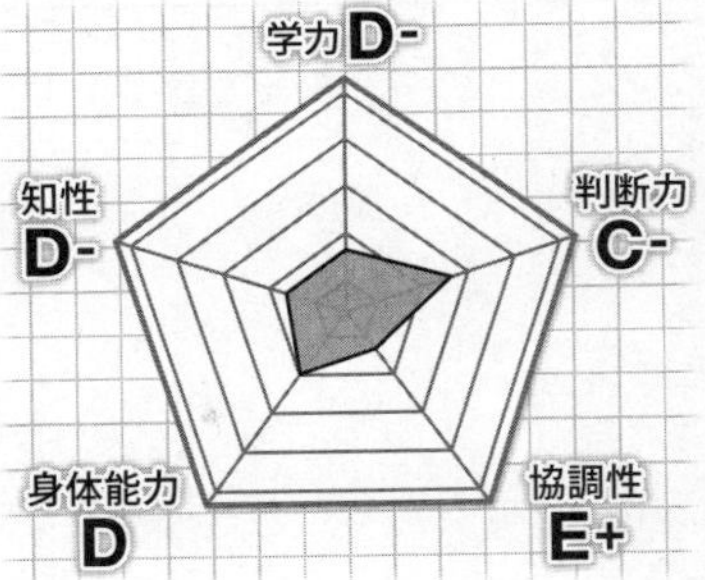

生徒調査書

恋人を作るのは 軽井沢の処世術

虐めのターゲットになるのを恐れ、クラスのリーダー格である平田《ひらた》に『寄生』し付き合っているフリをしていた。その関係は2月に解消するも、クラス内での発言力は以前と変わらず。『場を支配する力』には綾小路も一目置く。

弱い自分を隠すために 偽装した性格

傲慢で不良っぽい言動は、弱みを見せて自分が虐められる側にならないための予防策。しかし時には衝突を生み、Cクラスの諸藤《もろふじ》リカとぶつかったが謝罪せず、結果的に真鍋《まなべ》たちのグループから目をつけられる原因になった。

軽井沢の身辺調査

東京都高度育成高等学校 追加報告書

過去 Past

今も左脇腹にある虐めの痕跡

中学時代に受けた虐めは、靴を舐《な》めさせられたり、トイレ中に水をかけられたり、好きでもない男子に告白させられたりとどれも過酷なものばかり。軽井沢はあらゆる屈辱を受け、その心は深く傷ついてしまった。平田と付き合うフリをしていたのも、中学時代のように虐められる側にならないため。さらに左脇腹には、虐めによってできた傷跡が現在も残っている。その傷跡を他人に見られないように、水泳の授業で休んだり、夏休みにプールに行った際も他の生徒とは着替えの時間をズラしたりして対策をしていた。

特別試験 Special Exam

綾小路に従い密かにクラスに貢献

オシャレが大好きで、4月中にプライベートポイントを使い切るほど金遣いが荒い。プライベートポイントは欲しいものの、クラスポイントを増やす（＝クラス昇格）ことへの意欲は薄く、船上試験でも非協力的だった。しかし、綾小路と裏で行動を共にするようになると、ペーパーシャッフルでは櫛《くし》田《だ》の制服にカンニングペーパーを仕掛け、混合合宿では女子側の情報を綾小路に伝え、クラス内投票では綾小路に批判票を集める動きが起きていることを彼に教えるなど、表に出ない部分でクラスへの貢献度は高い。

Kei Karuizawa's Background Check

堀北クラス

恋愛 Affection

友人の恋愛相談に乗るが
実際は恋愛経験ゼロ

クラスメイトの佐藤《さとう》麻耶《まや》に対しては、恋愛経験が豊富でサバサバしているように振る舞っているが、実際は恋愛経験はない。綾小路が他クラスの椎名《しいな》ひよりを「ひより」と呼んだ時には、嫉妬する一面を見せた。

綾小路 with Ayanokoji

大きく変化した
綾小路との関係性

過去の虐めを知られた綾小路と「虐めから守る代わりに協力者になる」という関係になる。裏で活動を共にしていくうちに徐々に距離感が近くなり、体育祭の頃には「清隆《きよたか》」呼びになる。龍園《りゅうえん》たちに屋上に呼び出されて拷問を受けた際には、船上試験の時から黒幕X（綾小路）が自分を陥れていた事実を突きつけられるが、口を割らず綾小路の名前を隠し通した。綾小路に救われたことで、彼を意識するようになりクリスマスの頃には好きと自覚。悶々《もんもん》とした日々を過ごしたが、春休みに正式に付き合うことになる。

東京都高度育成高等学校
生徒証明書

堀北クラス

平田《ひらた》洋介《ようすけ》

学籍番号
S01T004698

クラス
1-D（堀北クラス）

部活動
サッカー部

誕生日
9月1日

「こんな僕が……みんなの前を、歩いてもいいのかな……」

Dクラスをまとめる中心人物。正義感が強く、物腰も柔らかで成績は優秀。サッカー部でも活躍し、男女問わず人気は非常に高い。クラスのためなら苦労を厭《いと》わないが、その人格形成には中学時代の事件が影響している。

堀北クラス

能力評価

7/1時点

能力は学年でもトップクラス。当初はAクラスに配属予定だったが、中学時代の事件が発覚し見送られた。クラス内で孤立していた綾小路や堀北を気遣ったり、軽井沢を助けるために彼氏として振る舞うなど、協調性の高さが際立つ。

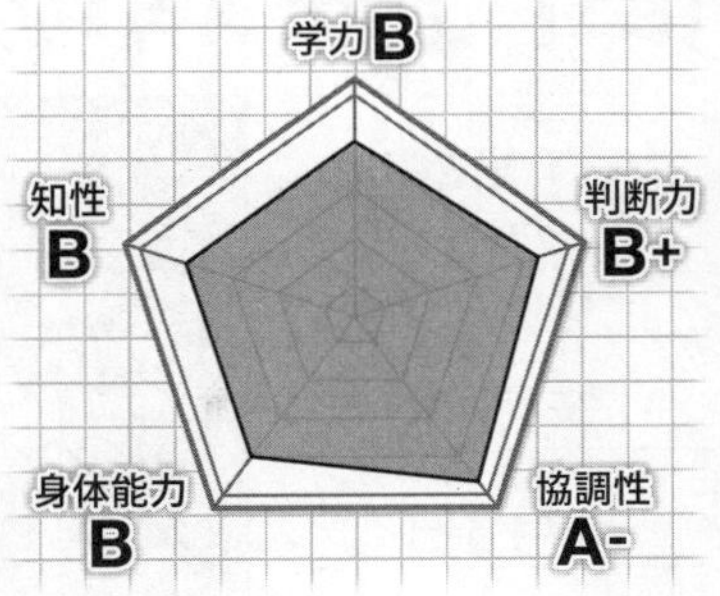

生徒調査書

人望が厚くクラスにとって代替不可能な存在

クラスのために率先して行動し、誰に対しても分け隔てなく接する。クラス内投票を経て一時期は心を閉ざしたものの、彼の誠実さや貢献度はクラスメイトにも浸透しており、クラスに謝罪後には温かく迎え入れられた。

人格形成に強い影響を与えた幼馴染の存在

中学時代に幼馴染《おさななじみ》の杉村《すぎむら》が自殺未遂をし、虐《いじ》め根絶のためにクラスを恐怖で支配し崩壊させた過去がある。無人島試験やクラス内投票でクラスが分断しかけた際には、そのトラウマが想起されて、精神的に不安定な状態になった。

東京都高度育成高等学校
生徒証明書

高円寺《こうえんじ》六助《ろくすけ》

学籍番号
S01T004668

クラス
1-D（堀北クラス）

部活動
無所属

誕生日
4月3日

『日本有数の財閥『高円寺コンツェルン』の跡取り息子で、金髪のオールバックがトレードマーク。学力、身体能力ともに学年トップレベルだが、唯我独尊な性格で、気が向かなければ実力を発揮せず、特別試験もサボる問題児。他人の感情を逆なでする言動も多い。』

「私は勝負などに興味ないが、負けるのは好きじゃないんでねぇ」

東京都高度育成高等学校 人物紹介

堀北クラス

須藤 健
すどう けん

学籍番号
S01T004672

クラス
1-D（堀北クラス）

部活動
バスケットボール部

誕生日
10月5日

「初めて自分の存在意義を認められた気がする。おまえのその気持ちに応えたい」

バスケ部に所属し、1年生ながらレギュラーに抜擢されるほどの実力を持つ。怒りやすく、すぐに暴力を振るおうとするため、Cクラス男子への暴力事件や体育祭では問題を起こしていた。体育祭を機に反省し、堀北の影響で苦手な勉強にも向き合いつつある。

能力評価 7/1時点

- 学力 E
- 知性 E
- 判断力 D+
- 身体能力 A
- 協調性 D

東京都高度育成高等学校
生徒証明書

池《いけ》 寛治《かんじ》

学籍番号
S01T004654

クラス
1-D（堀北クラス）

部活動
無所属

誕生日
6月16日

『女好きで学力は低く、須藤《すどう》、山内《やまうち》でクラスの3バカと呼ばれている。一方でコミュニケーション能力が高くクラスのムードメーカー的存在。キャンプ経験が豊富で、無人島試験でクラスに貢献した。いつも喧嘩《けんか》ばかりする篠原《しのはら》さつきを、異性として意識している。』

「彼女は随時募集中なんで、よろしくっ！
もちろん可愛い子か美人を期待！」

堀北クラス

東京都高度育成高等学校
生徒証明書

山内春樹《やまうち　はるき》

学籍番号
S01T004706

クラス
1-D（堀北クラス）

部活動
無所属

誕生日
5月30日

「確かに俺はこのクラスのリーサルウェポンだ」

『彼女を作ることが最大目標というお調子者。能力は平均以下だが、自分をよく見せるために平気で嘘をついてしまう。空気が読めず場の雰囲気を悪くしがちで、混合合宿で坂柳《さかやなぎ》を転倒させたことで彼女から恨みを買う。坂柳の策略にはまり、クラス内投票で退学になる。』

東京都高度育成高等学校
生徒証明書

佐藤《さとう》麻耶《まや》

学籍番号
S01T004739

クラス
1-D（堀北クラス）

部活動
無所属

誕生日
2月28日

『明るい性格で、ギャルっぽい外見とは裏腹に異性との交際経験はなく、恋愛面では純情。体育祭で活躍した綾小路《あやのこうじ》に好意を抱き、軽井沢《かるいざわ》に相談してクリスマスに告白するが振られてしまう。櫛田《くしだ》の情報によると、クラスメイトの小野寺《おのでら》かや乃《の》が苦手らしい。』

「体育祭のさ、リレー。綾小路くん凄く格好良かったって言うか」

堀北クラス

王《ワン》 美雨《メイユイ》

東京都高度育成高等学校 生徒証明書

学籍番号
S01T004792

クラス
1-D（堀北クラス）

部活動
無所属

誕生日
8月21日

『中国からの留学生で愛称は「みーちゃん」。日本語と英語が堪能で成績は優秀。クラスメイトの平田《ひらた》に恋をしている。口下手で恥ずかしがり屋だが、クラス内投票で平田が自暴自棄になった際には、邪険にされながらも心配して声をかけ続けた。』

「苦しい時、辛い時だからこそ、助けてあげなきゃいけないんじゃないかって……」

東京都高度育成高等学校 生徒証明書

幸村《ゆきむら》輝彦《てるひこ》

学籍番号
S01T004708

クラス
1-D（堀北クラス）

部活動
無所属

誕生日
7月11日

『成績は学年でも上位だが運動は苦手。勉強のできない生徒を見下していたが、運動能力が求められる体育祭で無力さを痛感し態度を改める。音信不通の母に付けられた「輝彦」の名を嫌い、親しい間柄の友人には父が名付けようとしていた「啓誠《けいせい》」呼びを求める。』

「この学校は勉強が出来るだけじゃダメだ。運動が出来るだけでもダメだ」

堀北クラス

長谷部《はせべ》波瑠加《はるか》

Haruka Hasebe

「この5人がきよぽんグループってことでヨロシク」

『学力は科目により得意と不得意の差が顕著。1人でいることが多かったが、勉強会を通じて綾小路《あやのこうじ》グループを結成した。親しくなった相手を独特なニックネームで呼ぶ。』

学籍番号	S01T004747
クラス	1-D（堀北クラス）
部活動	無所属
誕生日	11月5日

三宅《みやけ》明人《あきと》

Akito Miyake

「自分でも驚くほどこのグループに馴染んでる気はする」

『得意科目の傾向が長谷部《はせべ》と酷似しており、共に綾小路たちの勉強会に参加し、グループを結成。中学時代に弓道で県大会に出場した経歴を持ち、選抜種目試験で活躍した。』

学籍番号	S01T004700
クラス	1-D（堀北クラス）
部活動	弓道部
誕生日	7月13日

篠原《しのはら》さつき

Satsuki Shinohara

東京都高度育成高等学校 生徒証明書

「女の子の当然の要求をしてるだけよ。男子には関係ないでしょ」

『佐藤《さとう》、松下《まつした》らと仲が良い。池《いけ》と喧嘩《けんか》することが多く、無人島試験では方針を巡り対立したが、後に上級生に絡まれたところを池に救われ、一緒に出掛けることが増える。』

学籍番号	S01T004742
クラス	1-D（堀北クラス）
部活動	料理部→バレー部（転部）
誕生日	6月21日

松下《まつした》千秋《ちあき》

Chiaki Matsushita

東京都高度育成高等学校 生徒証明書

「相応の実力を持ってるのなら、それを発揮して欲しいの」

『クラスではあまり目立たない存在。周囲のやっかみが嫌で本来の能力を隠している。選抜種目試験で綾小路の秘めた実力に気づき、Aクラス昇格への協力を求める。』

学籍番号	S01T004778
クラス	1-D（堀北クラス）
部活動	NO DATA
誕生日	4月25日

堀北クラス

外村《そとむら》秀雄《ひでお》

東京都高度育成高等学校　生徒証明書

Hideo Sotomura

「ござる口調はお気に召さなかったでござるか。幸村殿は何がお好みで？」

『愛称は「博士」。コンピュータ関連に強く、須藤《すどう》の暴力事件で監視カメラを設置し、選抜種目試験ではタイピングに出場し勝利。『ござる』口調は混合合宿で矯正した。』

学籍番号	S01T004686
クラス	1-D（堀北クラス）
部活動	無所属
誕生日	1月1日

小野寺《おのでら》かや乃《かやの》

東京都高度育成高等学校　生徒証明書

ayano Onodera

「べ、別に負けたのは堀北さんだけの責任じゃないし」

『Dクラス女子内で身体能力は上位。入学直後の水泳授業では断トツでゴールし、体育祭では3学年合同リレーのメンバーにも選出され、足の速さを見せてバトンを繋《つな》いだ。』

学籍番号	S01T004717
クラス	1-D（堀北クラス）
部活動	水泳部
誕生日	7月1日

1-D その他の生徒

Classroom of Horikita

東《あずま》 咲菜《さな》

Sana Azuma

選抜種目試験で数学テストに参加。

伊集院《いじゅういん》 航《わたる》

Wataru Ijuin

山内と親しい。

石倉《いしくら》賀代子《かよこ》

Kayoko Ishikura

選抜種目試験で数学テストに参加。

井の頭《いのかしら》 心《こころ》

Kokoro Inokashira

選抜種目試験で英語テストに参加。

市橋《いちはし》瑠璃《るり》

Ruri Ichihashi

普段は大人しいが、篠原に似て強気な性格。選抜種目試験で英語テストに参加。

鬼塚《おにづか》

Onizuka

山内と同じくらい女子からの人気は低い。

沖谷《おきや》京介《きょうすけ》

Kyosuke Okiya

ペーパーシャッフルで高円寺とペアを組む。選抜種目試験で英語テストに参加。

園田《そのだ》千代《ちよ》

Chiyo Sonoda

選抜種目試験で英語テストに参加。

菊地《きくち》

Kikuchi

入学後初めての小テストで31点を取る。

本堂《ほんどう》遼太郎《りょうたろう》

Ryotaro Hondo

ふくよかな女性がタイプだと噂が流れた。選抜種目試験でバスケットボールに参加。

西村《にしむら》竜子《りゅうこ》

Ryuko Nishimura

選抜種目試験で数学テストに参加。

牧田《まきた》 進《すすむ》

Susumu Makita

選抜種目試験でバスケットボールにエースとして参加。

前園《まえぞの》

Maezono

喧嘩っぱやく口と態度が悪い。体育祭のリレーに出場。

南《みなみ》 伯夫《はくお》

Hakuo Minami

選抜種目試験で英語テストに参加。

南《みなみ》 節也《せつや》

Setsuya Minami

船上試験で午（馬）グループの優待者。選抜種目試験ではバスケットボールに参加。

森《もり》 寧々《ねね》

Nene Mori

軽井沢グループの一人。櫛田の情報では一部の生徒から嫌われているとのこと。

宮本《みやもと》蒼士《そうし》

Soshi Miyamoto

ゲームやアニメが好き。囲碁も打ったことがある。

リノっち

船上試験の試験部屋で軽井沢が電話していた相手。

1学年の総評
General Comment of the First-year

クラスリーダー
堀北鈴音

1学年終了時の
暫定クラスポイント
347ポイント

特別試験の取り組み

無人島試験で最終ポイント首位、ペーパーシャッフルでCクラスに勝利。実力では上位クラスにまだ見劣るが、特別試験では健闘を見せ、クラスを躍進させている。

一年の総括

5月に0になったクラスポイントを1年かけて347にまで回復。一時はCクラスに昇格を果たした。現在は再びDクラスとなったが、他クラスとの差は縮まった。

クラスの強み

クセの強い生徒が多いが、個性を発揮できた時の爆発力は他クラスに負けない。また、堀北や須藤のように、態度を改めて成長著しい生徒が目立つのも強み。

今後の課題

クラス全体としてのまとまりを欠き、まだ本領を発揮できていない生徒もちらほら。個性豊かなクラスをまとめ上げるリーダーの成長が求められる。

Classroom of Ryuen

1-C

［龍園クラス］

クラスランク

1月　Dクラスに降格

3月　Cクラスに昇格確定

東京都高度育成高等学校
生徒証明書

龍園《りゅうえん》 翔《かける》

学籍番号
S01T004711
クラス
1-C（龍園クラス）
部活動
無所属
誕生日
10月20日

『Cクラスのリーダーで勝利への執念は人一倍強い。黒幕X（綾小路《あやのこうじ》）を探すためにDクラスの生徒に圧をかけ、選抜種目試験でBクラスの生徒の飲み物に下剤を混入させるなど、勝つためには手段を選ばない非情な男。』

「俺は恐怖を知らない。一度も知ったことがない」

龍園クラス

能力評価

7/1時点

学力評価はDと並以下だが、頭の回転は速く機転が利き、判断力も優れている。無人島試験での0ポイント作戦に代表されるように、特別試験ではルールの穴を突くような作戦を次々と立案し、それを実行させるカリスマ性も備えている。

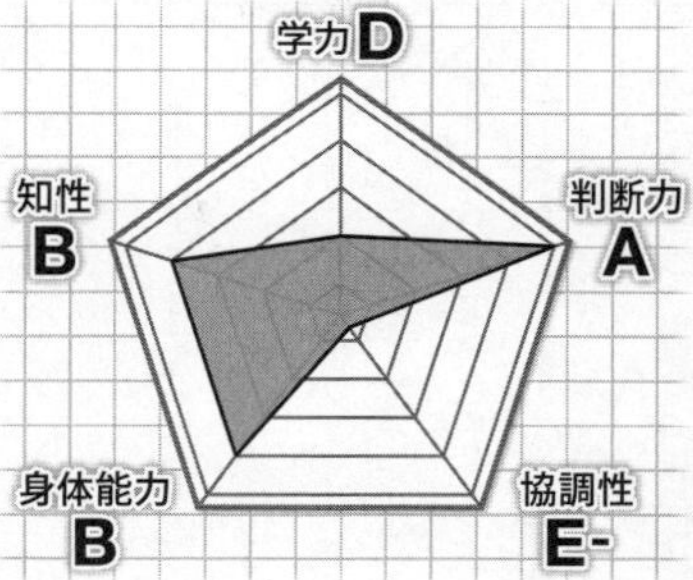

生徒調査書

反発する者さえも従える圧倒的なリーダー性

信頼関係ではなく力と恐怖でクラスを支配する独裁者。Cクラスの生徒たちは、手段を選ばない龍園のやり方を恐れる一方で、リーダーとしての資質は疑っておらず、石崎《いしざき》や伊吹《いぶき》、山田《やまだ》たちといった武闘派も従っている。

暴力の裏に隠されているクラスに対する義理堅さ

8億プライベートポイントを貯《た》め、クラスの40人全員をAクラスに移動させる計画を考えている。クラスを私物化している独裁者ではあるが、暴力で支配してきた償いを果たそうとしており、リーダーとしての責任感は強い。

龍園の身辺調査

過去 Past

暴力を信奉し恐怖を感じない男

小学生の時の遠足で蛇と出くわし、周囲が恐れる中、平然と蛇を殺す。それ以来、龍園は相手を屈服させる快感を覚え、周囲から異質な存在として見られるようになる。その結果、内にも外にも大勢敵ができてしまう。

中学生になると喧嘩《けんか》に明け暮れるようになり、周辺地域では名が知られるほど有名な不良となる。たとえ敗北したとしても必ず報復を誓い、最終的に勝利を手にしてきた。こうした経緯から「本物の実力者とは比類なき暴力を持ち、恐怖を克服した人間」との考えに至っている。

特別試験 Special Exam

精神力の強さと抜け目ないしたたかさ

Cクラスのリーダーとして特別試験には積極的に関与し、クラスを勝利に導こうとする。無人島試験ではポイントを得るために、5日間も無人島で単身サバイバルをするほど、勝利に対して貪欲であった。さらにこの試験中、Aクラスを援助する見返りに、毎月1人あたり2万プライベートポイントを受け取るとの契約をAクラスの葛城《かつらぎ》との間で締結していた。綾小路に作戦を見抜かれて無人島試験自体は敗北したものの、葛城との契約のおかげでクラスの優位性を保つことができており、抜け目のなさも持つ。

Kakeru Ryuen's Background Check

龍園クラス

対人関係 Human Relationship

利用価値があれば他クラスの生徒でも

体育祭では堀北《ほりきた》を陥れるために櫛田《くしだ》と共闘。その後も情報を得るためAクラスの橋本《はしもと》に裏で接触するなど、利害が一致すれば他クラスの生徒とも繋《つな》がりを持つ。春休みには橋本の仲介でBクラスの神崎《かんざき》と対面したこともある。

綾小路 with Ayanokoji

初めて恐怖した相手への復讐を誓う

Dクラスには堀北を裏で操る黒幕Xがいることを察知し、真鍋《まなべ》らクラスの内通者を割り出し、黒幕Xが軽井沢《かるいざわ》と通じていると推測。軽井沢から黒幕Xの正体を炙《あぶ》り出そうとするが、単身乗り込んできた綾小路に暴力で敗北を喫す。それまで恐怖を知らなかった男が、綾小路の瞳に浮かぶ闇に触れ、はじめて恐怖を感じることに。責任を取って退学を覚悟したが、龍園派の取りなしもあって再起。綾小路に「いずれ潰す」と復讐を宣言した。現在はそのための前準備として、一之瀬《いちのせ》や坂柳《さかやなぎ》を倒そうと画策している。

東京都高度育成高等学校
生徒証明書

龍園クラス

伊吹《いぶき》 澪《みお》

学籍番号
S01T004714
クラス
1-C（龍園クラス）
部活動
無所属
誕生日
7月27日

『口数が少なくクールに見えるが、勝ち気で喧《けん》嘩《か》っ早い。ダーティな手法を厭《いと》わない龍園《りゅうえん》を嫌っているが、リーダーとしての資質は認めており、綾小路《あやのこうじ》に敗北した後には龍園を叱責しリーダーの座に返り咲く手助けをしている。』

「私はあんたが嫌い。表の顔と裏の顔を使い分けるところがね」

龍園クラス

能力評価

7/1時点

協調性は低いものの、Cクラスの中では「学力面や運動面においては優れた生徒」と高く評価されている。特に格闘技のセンスに秀でており、無人島試験で堀北と対峙して以降は、彼女のことを一方的にライバル視している。

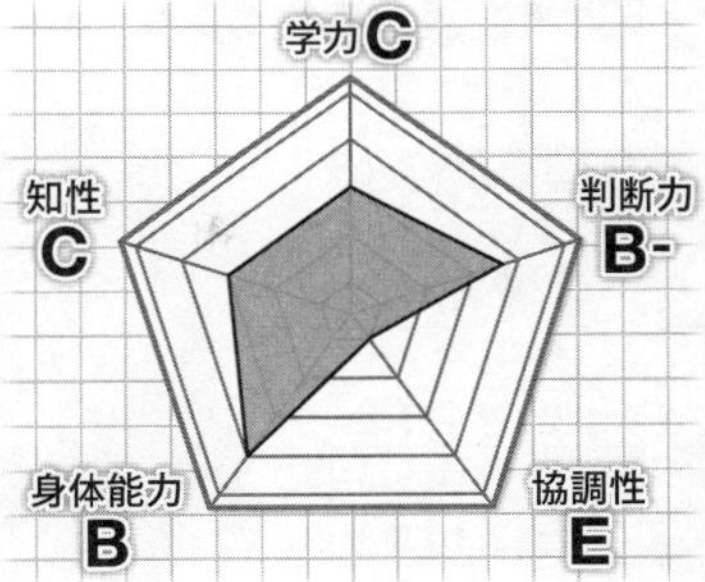

生徒調査書

Aクラスに昇格するために龍園に従う

口数が少なく、単独行動を好む。その上、龍園派と思われており、Cクラス内に友人はほぼいなく、孤立していることが多い。同クラス女子のカースト上位の真鍋《まなべ》からは快く思われていない。伊吹本人も真鍋を嫌っている。

喧嘩っ早い性格とは裏腹に年相応の一面を持つ

流行《はや》りの占いや映画に興味を持つなど、年齢相応の女子高生らしい一面もある。また、嘘《うそ》をつく時には、無意識のうちに相手の目を真《ま》っ直《す》ぐ見る癖がある。心理戦や駆け引きは苦手としており、裏表のない性格をしている。

東京都高度育成高等学校
生徒証明書

椎名《しいな》ひより《ひより》

学籍番号
S01T004735

クラス
1-C（龍園クラス）

部活動
茶道部

誕生日
1月21日

「単刀直入にお聞きしますが、龍園くんを変えたのは綾小路くんですか？」

『物静かでおっとりとした性格。図書室にいつも出入りするほどの本の虫で、私物のミステリー小説を貸出用に持ち歩く。綾小路《あやのこうじ》とは図書室で偶然会った際に本の話で意気投合し、共通の趣味でクラスの垣根を越えた読書友達となる。』

能力評価

7/1時点

勉強に取り組む姿勢は真面目で、高い学力を持っている。また、長谷部が飲んでいたコーヒーの砂糖の量を事前に把握していたが、あたかも龍園が潰したカップの底に沈殿していた量から推測したかのように振る舞うなど、機転が利く。

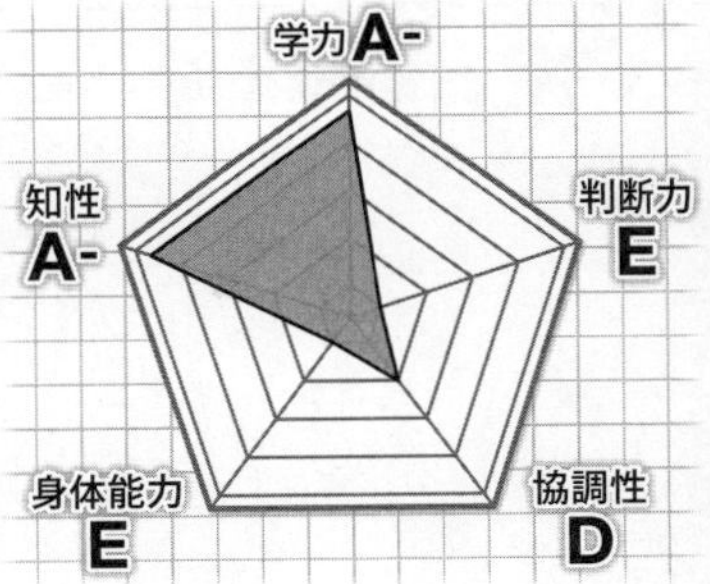

生徒調査書

穏やかな性格だが高い能力を秘めている

協調性に乏しく、Cクラス内に友人と呼べる存在はほとんどいない。龍園はひよりの鋭い洞察力を高く評価しているものの、彼女自身が争いを好まない性格のため、積極的に手駒として動かすことはしていない様子。

クラスのためならば非情な判断を下す

クラス内投票では、龍園を救って真鍋を退学させるという伊吹《いぶき》たちの提案を受け入れ、真鍋への批判票集めに協力した。クラスのためになると判断すれば、退学者を出すような方針でさえ受け入れる柔軟さも備えている。

椎名の身辺調査

特別試験 Special Exam
ひよりの分析する リーダーとしての龍園

武闘派の多いCクラスの中では数少ない良識派。だが、龍園のリーダーとしての資質は高く評価しており、彼の独裁体制を容認している。選抜種目試験の前には、石崎《いしざき》と伊吹とカラオケルームで対Bクラスの戦略を練る場に、龍園を呼び出し同席させた。結果的に、龍園の提案した非道な手段を用いて、Bクラスに勝利する。こうした経緯から、龍園を「今のクラスが上に行くためには必要な悪」と考えるが、自分を含めこのクラスでは彼の暴走をコントロールできないことを認識しており、素直に勝利を喜べずにいた。

能力 Ability
わずかな情報から 真実を見抜く洞察力

龍園の失脚を機に、これまで以上に石崎や伊吹といった龍園の側近と親交を持つようになると、持ち前の洞察力の鋭さを発揮。Cクラスでは、表向きは石崎が下剋上《げこくじょう》を果たして龍園をリーダーの座から追い落としたことになっているものの、石崎たちの言動や断片的な情報を「パズルのピースを、ゆっくりと当てはめていっただけ」で、実際に龍園を倒したのは綾小路であり、蟄居《ちっきょ》した龍園が表舞台に復帰したのも綾小路の影響ではないかとの推論に行き着いた。その推理を聞いた綾小路は、ひよりへの評価を改めることになる。

Hiyori Shiina's Background Check

龍園クラス

対人関係 Human Relationship

責任感の強さと周囲への気配り

龍園失脚時にはCクラス女子のリーダー的な役割を担い、混合合宿ではグループの責任者を引き受けた。合宿でのランニング中、集団から遅れていた同グループの王美雨《ワン・メイユイ》を気にかけて伴走するなど、気配りができる面もある。

綾小路 with Ayanokoji

綾小路に対する感情に変化の兆し？

クラスの垣根を越えて友人関係を構築することを良しとしており、混合合宿で同グループだったBクラスの一之《いちの》瀬《せ》とは合宿後も良好な関係を継続している。一之瀬が誹謗《ひぼう》中傷の被害に遭っていた際は、救えないものかと綾小路に相談した。また、綾小路とは小説を貸し借りするような間柄であったが、現在ではもっとも信頼できる相手となっている。綾小路もひよりのことを「趣味の合う人間」と認識し、「ひより」と呼ぶようになった。綾小路にはバレンタインチョコを渡しており、友情とは異なった感情も芽生えつつある。

石崎大地
（いしざき だいち）

学籍番号
S01T004656

クラス
1-C（龍園クラス）

部活動
無所属

誕生日
4月14日

東京都高度育成高等学校 生徒証明書

龍園クラス

「俺は……俺は、龍園さんについてくって決めたんだよ」

短気かつ荒っぽい性格で、中学時代は有名な不良だった。高度育成高校に入学後に龍園に敗北して以降、彼を慕う忠実な手下となる。龍園が綾小路に敗れてリーダーの座を降りた際は、表向きには石崎が龍園に下剋上（こくじょう）を果たしたことにして、クラスを取り仕切った。

能力評価 7/1時点

- 学力 E
- 知性 E
- 判断力 E
- 身体能力 C+
- 協調性 C-

龍園クラス

東京都高度育成高等学校 生徒証明書

山田《やまだ》アルベルト《あるべると》

Albert Yamada

学籍番号
S01T004708

クラス
1-C（龍園クラス）

部活動
無所属

誕生日
1月16日

『龍園の側近としてボディガード的な役割を担う。英語は堪能だが口数は少ない。本来は暴力を好まない優しい性格。身体能力は学年でもトップクラスで、体育祭ではフィジカルの強さを活《い》かして活躍した。綾小路にKOされて以来、彼のことを高く評価している。』

金田《かねだ》悟《さとる》

「より怪しいのは綾小路氏かと」

クラスの参謀。頭脳明晰で落ち着きがある。無人島試験ではスパイとしてBクラスに潜入した。龍園が表舞台から降りていた時期に、クラスのまとめ役を務めた。

学籍番号	S01T004662
クラス	1-C（龍園クラス）
部活動	美術部
誕生日	1月9日

木下《きのした》美野里《みのり》

「堀北さん……倒れた私に言ったの……絶対に勝たせない、って……」

体育祭では障害物競走に出場。龍園《りゅうえん》の指示で自ら転倒して堀北《ほりきた》と接触事故を起こし、堀北を負傷させた。さらに龍園が堀北を恐喝するために、大怪我を負わされてしまう。

学籍番号	NO DATA
クラス	1-C（龍園クラス）
部活動	陸上部
誕生日	NO DATA

真鍋志保《まなべしほ》

Shiho Manabe

「土下座したら許してあげてもいいけど？ 得意でしょ、土下座」

『立場が弱い者には威圧的な性格。伊吹《いぶき》とはウマが合わない。船上試験で軽井沢《かるいざわ》への暴行現場を綾小路《あやのこうじ》に押さえられ、内通者になる。クラス内投票で批判票が集まり退学した。』

学籍番号	NO DATA
クラス	1-C（龍園クラス）
部活動	NO DATA
誕生日	NO DATA

藪 菜々美《やぶ ななみ》

Nanami Yabu

『同クラスの真鍋《まなべ》、山下《やました》と仲が良い。船上試験で綾小路に弱みを握られ、のち真鍋とともに黒幕Xへの利敵行為をし、体育祭では龍園の計画が潰れることに繋《つな》がってしまう。』

学籍番号	NO DATA
クラス	1-C（龍園クラス）
部活動	NO DATA
誕生日	NO DATA

1-C その他の生徒

Classroom of Ryuen

小田拓海《おだ たくみ》

Takumi Oda

船上試験では辰（竜）グループの一人。選抜種目試験で空手に出場。

近藤玲音《こんどう れおん》

Reon Kondo

バスケ部所属。小宮と共に須藤を呼び出し、須藤の暴力事件のきっかけを作った。

小宮叶吾《こみや きょうご》

Kyogo Komiya

バスケ部所属。須藤がバスケ部のレギュラー候補に選ばれたことに嫉妬し、特別棟に呼び出した。

園田正志《そのだ まさし》

Masashi Sonoda

サッカー部所属で足が速い。船上試験では辰（竜）グループの一人。

鈴木英俊《すずき ひでとし》

Hidetoshi Suzuki

船上試験では辰（竜）グループの一人。運動神経は悪いが、腕っぷしは強い。選抜種目試験では空手に出場。

西野武子《にしの たけこ》

Takeko Nishino

龍園からクラスの内通者を炙り出すのに協力を求められた際、反対した女子生徒。

時任裕也《ときとう ひろや》

Hiroya Tokito

船上試験では丑（牛）グループの一人。

龍園クラス

諸藤《もろふじ》リカ《りか》
Rika Morofuji

メガネをかけたお団子頭の女子生徒。夏休み前に、カフェで軽井沢に突き飛ばされた。

野村《のむら》雄二《ゆうじ》
Yuji Nomura

気弱な性格で、運動能力も高くない。船上試験では丑（牛）グループの一人。

矢島《やじま》麻里子《まりこ》
Mariko Yajima

船上試験では丑（牛）グループの一人。陸上部所属で足が速く、体育祭の障害物競走で１位になった。

山脇《やまわき》
Yamawaki

１学期の中間テスト前、図書室で騒いでいた池たちを注意し馬鹿にした男子生徒。

山下《やました》沙希《さき》
Saki Yamashita

船上試験では卯（兎）グループの一人。真鍋と共に軽井沢に詰め寄る。混合合宿では一之瀬の小グループに所属。

吉本《よしもと》功節《こうせつ》
Kosetsu Yoshimoto

弓道部。２年の先輩と付き合い始めた頃は、将来結婚すると息巻いていた。

1学年の総評

General Comment of the First-year

クラスリーダー
龍園 翔

1学年終了時の暫定クラスポイント
508ポイント

特別試験の取り組み

船上試験で学年首位、選抜種目試験でBクラスに勝利を収めた。クラスポイントの変動が大きくない混合合宿のような特別試験には、あまり積極的ではない。

一年の総括

ペーパーシャッフル後に龍園がリーダーの座を降りると、クラスは低迷。選抜種目試験で彼がリーダーの座に返り咲くと、Bクラスに勝利し巻き返すことができた。

クラスの強み

龍園の独裁体制ではあるものの、表向きはクラス全員が彼に従っているので足並みは揃っている。そのおかげで、無人島試験での奇抜な戦略も完遂できた。

今後の課題

良くも悪くも『龍園ありき』のクラス。非道な手段を好む龍園の独断専行を止めることができず、彼を頼るあまり、生徒たち個々のレベルアップも目立たない。

Classroom of Ichinose

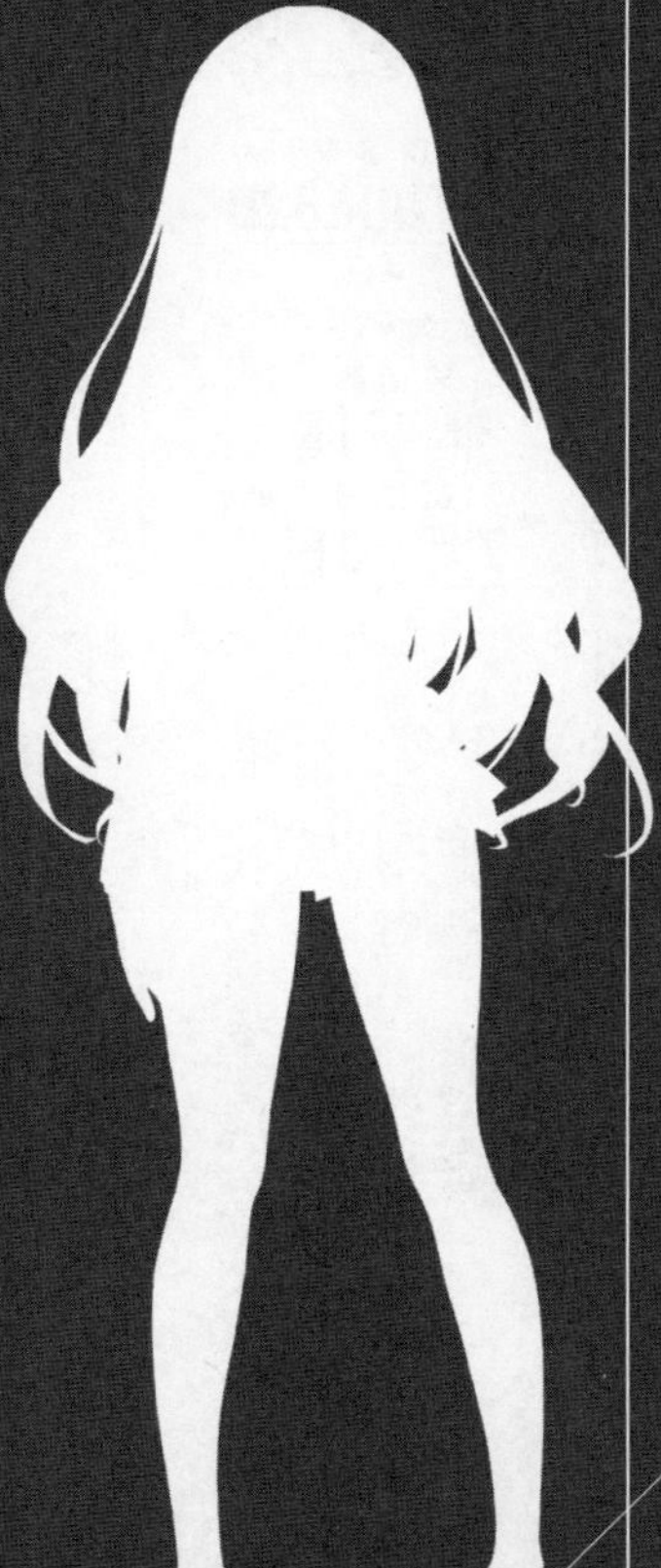

1-B

［一之瀬クラス］

東京都高度育成高等学校
生徒証明書

一之瀬《いちのせ》帆波《ほなみ》

学籍番号
S01T004620

クラス
1-B（一之瀬クラス）

部活動
無所属

誕生日
7月20日

『
Bクラスのリーダー。明るく社交的で打算がなく、他クラスや上級生とも交友関係を築く。人目を引く容姿だが本人は無自覚。中学時代の出来事を暴露され窮地に陥るが、クラスメイトの前で告白し信頼を取り戻した。
』

「みんな、最後まで
ついてきてくれないかな？」

能力評価

7/1時点

Aクラス相当の高い学力があるが、中学時代の長期欠席が不安視されBクラスに配属された。船上試験で綾小路の作戦を看破し、卯グループの優待者が軽井沢であると見抜いたことからも、知性が高く評価されている理由がうかがえる。

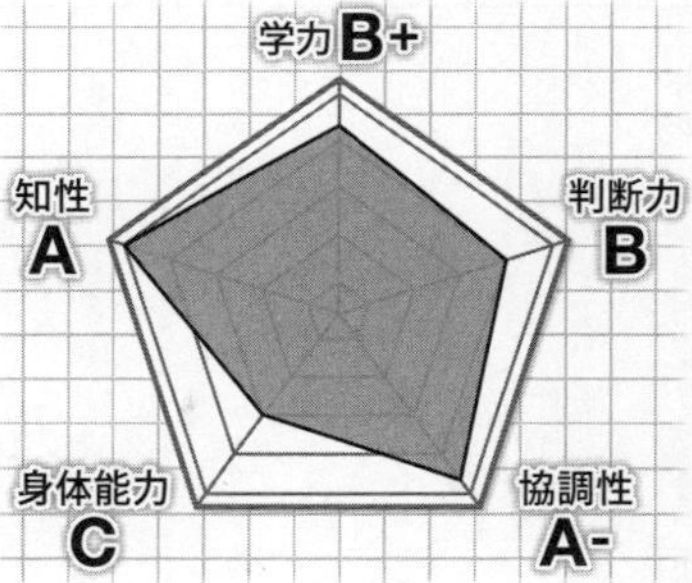

生徒調査書

万が一に備えて クラスメイトのポイントを管理

クラスの雰囲気やチームワークのよさは、リーダーである一之瀬に依《よ》るところが大きい。クラスの戦略で銀行の役割を担い、プライベートポイントを預かって管理を任されるほど、クラスメイトたちから絶大な信頼を得ている。

他人に対しては 過剰なまでに配慮する

生来の優しさゆえに、クラスの垣根を越えて手を貸すなど、過剰なまでに他人を慮《おもんぱか》った言動をする。善人のため他の生徒から頼られがちで、混合合宿で女子生徒同士が諍《いさか》いを起こした際は、仲裁に奔走し疲弊してしまった。

東京都高度育成高等学校 追加報告書

一之瀬の身辺調査

過去 Past

たった一度の過ちと罪の意識

家庭環境は母、自分、2つ下の妹の母子家庭で育つ。けっして裕福ではなかったものの、日常生活に不満を抱くことはなかった。しかし、一之瀬が中学3年生の夏に母が過労で倒れ、妹に誕生日プレゼントを用意することができなくなってしまう。魔が差した一之瀬は万引きをして妹にプレゼントをした。妹は喜んだものの母には見抜かれ、店に謝罪をすることに。店からは許されたが、一之瀬は自責の念にかられ不登校になった。一からやり直そうと決意して、地元から離れた高度育成高等学校に入学するのであった。

目標 Goal

退学者を出さないことを最重要視

Aクラスで卒業することを目標としているが、それと同時に、誰1人欠けることなく「クラス全員で卒業すること」も重視している。そのため、特別試験の勝敗よりも、クラスメイトを守ることを優先することが多い。クラス内投票では、その性質上、どのクラスも退学者を1人は出さなければならなかったが、龍園クラスと取引し、龍園に賞賛票を集中して投じる見返りに400万プライベートポイントを獲得。今まで貯《た》めたプライベートポイントを全て使ってまで、自クラスからの退学者を避ける道を選んだ。

Honami Ichinose's Background Check

対人関係 Human Relationship

完全な善意から手を差し伸べる

正義心から争いごとの仲裁を買って出ることが多い。須藤《すどう》の暴力事件の際には、目撃証言を集めようとしていた堀北《ほりきた》に協力することを提案。事件解決に協同し、堀北クラスとの協力関係は1年次終了まで続くことになる。

綾小路 with Ayanokoji

綾小路に対する意識の変化

誹謗《ひぼう》中傷の件で自分の殻に閉じこもった時期に、綾小路が彼女の部屋に何度も訪れ、一之瀬の心を折る形で救った。そのおかげで、一之瀬はクラスメイトの前で中学時代の万引きを告白し、過去を乗り越えることができた。その後、選抜種目試験での大敗、堀北クラスとの同盟解消と続いて精神的に疲弊してしまうが、綾小路と1年後にもう一度2人きりで会う約束を心の拠《よ》り所として前に進むようになった。綾小路と会う際に香水を使うようになったり、バレンタインにチョコを渡したりするなど、心境に変化が訪れている。

神崎《かんざき》隆二《りゅうじ》

Ryuji Kanzaki

東京都高度育成高等学校 生徒証明書

「どんな汚い手を使うつもりか知らないが、俺は一之瀬と違って容赦はしない」

『一之瀬《いちのせ》の参謀的な存在。クラスではトップクラスの知力と運動能力を持ち、成績で欠点らしい欠点はない。ただし、人付き合いは苦手で、積極的に前に出ることは少ない。』

学籍番号	S01T004662
クラス	1-B（一之瀬クラス）
部活動	無所属
誕生日	12月5日

柴田《しばた》 颯《そう》

Sou Shibata

東京都高度育成高等学校 生徒証明書

「今の話を聞いて確信した。一之瀬はやっぱり良いヤツなんだって」

『サッカー部に所属し、運動神経は学年でトップクラス。体育祭では1年の最優秀賞を受賞した。明るく活発で女子人気も高く、クラスメイトから信頼されている。』

学籍番号	S01T004666
クラス	1-B（一之瀬クラス）
部活動	サッカー部
誕生日	11月11日

一之瀬クラス

白波《しらなみ》千尋《ちひろ》

東京都高度育成高等学校 生徒証明書

Chihiro Shiranami

「どうしてその、綾小路くんて人がいるんですかっ」

『物腰が柔らかく協調性がある。一之瀬の友人だが、彼女に特別な感情を抱いている。一之瀬に告白しフラれたこともあるが、翌日からも以前と変わらぬ態度で接している。』

学籍番号	S01T004744
クラス	1-B（一之瀬クラス）
部活動	美術部
誕生日	11月28日

網倉《あみくら》麻子《まこ》

東京都高度育成高等学校 生徒証明書

Mako Amikura

「先生に相談しよう？こんなの許せないよ」

『一之瀬と仲が良く、行動を共にする機会が多い。一之瀬への誹謗《ひぼう》中傷チラシが寮のポストに投函《とうかん》された時には、真っ先に一之瀬の下に駆け寄って慰めていた。』

学籍番号	S01T004741
クラス	1-B（一之瀬クラス）
部活動	無所属
誕生日	10月2日

1-B その他の生徒

Classroom of Ichinose

安藤《あんどう》紗代《さよ》

Sayo Ando

船上試験では辰（竜）グループの一人。

墨田《すみだ》 誠《まこと》

Makoto Sumida

混合合宿は綾小路と同じ小グループに所属。選抜種目試験では空手に出場した。

小橋《こばし》 夢《ゆめ》

Yume Kobashi

船上試験では丑（牛）グループの一人。

時任《ときとう》

Tokito

混合合宿では綾小路と同じ小グループに所属。

津辺《つべ》仁美《ひとみ》

Hitomi Tsube

船上試験では辰（竜）グループの一人。

二宮《にのみや》 唯《ゆい》

Yui Ninomiya

船上試験では丑（牛）グループの一人。

中西《なかにし》

Nakanishi

選抜種目試験前、龍園率いるDクラスから後を付けられるなどの強い嫌がらせを受けた。

一之瀬クラス

別府良太《べっぷりょうた》

Ryota Beppu

船上試験では卯（兎）グループの一人。選抜種目試験前には、龍園クラスによる嫌がらせでアルベルトから無言で壁際まで追い込まれるという怖い思いをした。

渡辺紀仁《わたなべのりひと》

Norihito Watanabe

船上試験では丑（牛）グループの一人。選抜種目試験で空手に出場。

浜口哲也《はまぐちてつや》

Tetsuya Hamaguchi

青くサラッとした髪で、体の線が細くやや中性的な顔立ち。船上試験では卯（兎）グループの一人。

森山《もりやま》

Moriyama

混合合宿では綾小路と同じ小グループに所属。

米津春斗《よねづはると》

Haruto Yonezu

選抜種目試験で空手に出場。

1学年の総評

General Comment of the First-year

classroom of ichinose

クラスリーダー

一之瀬帆波

1学年終了時の暫定クラスポイント

550ポイント

特別試験の取り組み

特別試験でクラスポイントを獲得できたのは無人島試験のみ。生徒たちは積極的に取り組むものの、ポイントという目に見える形での結果には結びついていない。

一年の総括

クラスポイントを大幅に増やすことは叶わずAクラスとの差は開いたが、Bクラスを維持し続けた。また、全クラスで唯一、1年を通じて退学者を出していない。

クラスの強み

クラス全員の仲が良く、結束力が高い。みんなで貯めたプライベートポイントを退学者救済のために使うことになっても、誰も反対することはなかった。

今後の課題

総合力は高いものの、特別な長所を持たない。下位クラスが猛追してきて足元に火がついた状態で、これまで通りの戦い方でしのげるのかが課題となる。

Classroom of Sakayanagi

1-A

［坂柳クラス］

東京都高度育成高等学校
生徒証明書

坂柳《さかやなぎ》有栖《ありす》

学籍番号
S01T004737

クラス
1-A（坂柳クラス）

部活動
無所属

誕生日
3月12日

『Aクラスのリーダーであり坂柳理事長の娘。先天性心疾患により一切の運動を禁じられており、普段は杖を使わなければ歩行できない。幼少期に父とホワイトルームを見学し、綾小路《あやのこうじ》を目撃。そのときに打倒・綾小路を誓った。』

坂柳クラス

能力評価

7/1時点

学力に関しては同学年でも飛び抜けた成績を誇る。身体を使う試験には参加できないので、ペナルティを受けざるを得ないハンデがあるが、それを差し引いたとしても周囲からクラスのリーダーと認められる実力と高水準な思考力を持つ。

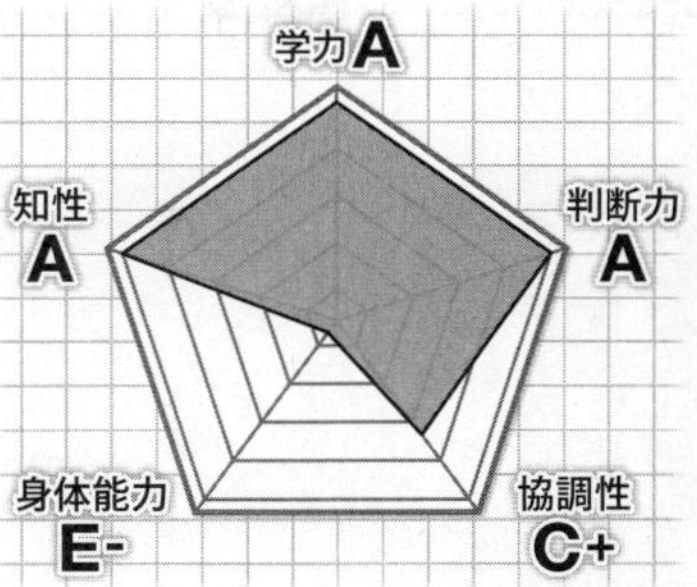

生徒調査書

従わない者には容赦ない対応

Aクラスのリーダーの座を巡る葛城《かつらぎ》との派閥争いでは、葛城が失策するように裏から画策して、葛城派を瓦解に導く。その後も葛城の右腕的な存在の戸塚《とつか》をクラス内投票で退学に追い込んでおり、敵対者には冷酷な態度を見せる。

自らを天才と称するほど自尊心が高い

プライドが高く、綾小路に「Aクラス配属は親の影響ではないか」と指摘された際には強い反発を見せた。混合合宿で山内《やまうち》とぶつかって倒された時には平静を装っていたが、内心では恨みに思い、クラス内投票で退学へと追い込む。

東京都高度育成高等学校
追加報告書

坂柳の身辺調査

過去 Past

綾小路との運命的な『再会』

実父は綾小路父と交流があり、その父に連れられて幼少期にホワイトルームを見学し、綾小路を目撃する。坂柳の父は子供が過酷な環境に身を置くホワイトルームの実験を「不幸の始まり」と考えていた。ホワイトルームが人工的に天才を生み出すことを標榜《ひょうぼう》するのであれば、その最高傑作である綾小路を「生まれながらの天才」である自分が打倒すれば、父の正しさを証明できると考えている。そのため、高度育成高校で思わぬ再会を果たした時は、幼い頃から抱く宿願を果たすために、綾小路に宣戦布告した。

目標 Goal

すべては綾小路との対決のため

入学直後は綾小路が目立たないように行動していたこともあり、彼が同じ学校にいると気づいていなかった。だが、体育祭で綾小路の存在を認識すると、ホワイトルームを知っていると綾小路に告げる。その後、葛城派を一掃してAクラスを掌握すると、特別試験を綾小路との対決の場にするために条件を整えていく。そして、一之瀬《いちのせ》への誹謗《ひぼう》中傷の一件の後、次の特別試験で勝負をしようと持ちかけるのであった。彼女の中ではAクラスで卒業することよりも、綾小路との勝負のほうが優先度が高い。

Arisu Sakayanagi's Background Check

坂柳クラス

対人関係 Human Relationship

身の回りを側近で固め 交友関係は限定的

側近として重用しているのは神室《かむろ》、橋本《はしもと》、鬼頭《きとう》の3人。歩行に困難が伴うため、出歩く時には同性の神室をお供にすることが多い。入学直後に神室の万引きを目撃し、『最初のお友達』として仲間に引き入れる。神室のことは気に入っていて「真澄《ますみ》さん」と下の名前で呼ぶ。交友関係は狭く限定的だが、ケヤキモールでBクラスの一之瀬と一緒にいる場面を目撃されたこともあり、綾小路にそのことを問い質《ただ》されると、笑いながら「友人ではない」と返答した。この時に一之瀬の中学時代の話を聞き出していた。

綾小路 with Ayanokoji

綾小路への 強い執着心

「8年と243日ぶり」「幼馴染のような関係」と言い、綾小路に固執。チェスを嗜《たしな》むようになったのも彼の影響だ。選抜種目試験のチェスで勝利するも、不正介入される前の盤面から再戦し、綾小路を天才と認める。

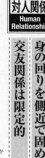

東京都高度育成高等学校
生徒証明書

葛城康平《かつらぎこうへい》

学籍番号
S01T004666

クラス
1-A（坂柳クラス）

部活動
無所属

誕生日
8月29日

『全頭無毛症で高校生らしからぬ強面《こわもて》な風貌だが、言動は紳士的で義理堅い。冷静な判断力と慎重な性格でAクラスを率いるも価値観の異なる坂柳《さかやなぎ》と派閥争いを繰り広げた。自身を慕っていた戸塚《とつか》を退学に追い込まれ坂柳に恨みを抱く。』

「俺が坂柳に対してどうしようもない怒りを覚えているということだ」

坂柳クラス

能力評価

7/1時点

学力は学年でトップクラス。選抜種目試験ではフラッシュ暗算で活躍し、計算力の高さを見せつけた。小、中学校と生徒会活動をし、高度育成高校に入学後も生徒会入りを希望したが、南雲に取り込まれることを危惧した堀北学に断られる。

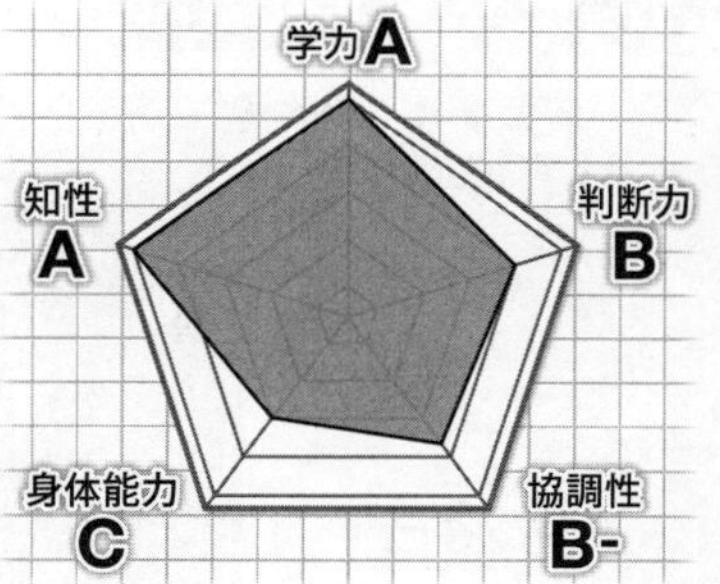

生徒調査書

リーダーを巡り 坂柳と対立

体育祭まではクラスを率いるが、龍園《りゅうえん》と手を組むなど失策が続き、リーダーとしての立場を失う。坂柳に忸怩《じくじ》たる思いはあるが、選抜種目試験前に幸村《ゆきむら》から協力を要請されても、Aクラスを慮《おもんぱか》り、最低限の情報しか流さなかった。

家族のためには ルールを破ることも

高度育成高校では外部との連絡を制限されているが、綾小路《あやのこうじ》と須藤《すどう》の協力を得て、外部にいる双子の妹に誕生日プレゼントをした。心優しい兄としての一面があると共に、時にはルール遵守に固執しない柔軟さも持ちあわせている。

東京都高度育成高等学校 生徒証明書

橋本《はしもと》正義《まさよし》

学籍番号
S01T004690

クラス
1-A（坂柳クラス）

部活動
テニス部

誕生日
4月24日

『一見軽薄そうだが、社交性が高く、集団に溶け込むことが得意。坂柳《さかやなぎ》派の1人として活動しているが、自分が確実にAクラスで卒業するために単独で行動することも。裏では神崎《かんざき》、龍園《りゅうえん》、綾小路《あやのこうじ》など他クラスの生徒とも繋《つな》がりを持っている。』

「良くも悪くも、世渡りの上手さだけが取り得なのさ」

坂柳クラス

神室《かむろ》真澄《ますみ》

東京都高度育成高等学校
生徒証明書

学籍番号
S01T004714

クラス
1-A（坂柳クラス）

部活動
美術部

誕生日
2月20日

『入学直後、スリルを求めて万引きしたところを坂柳に目撃され、脅されて坂柳派につくことに。坂柳の指示で尾行や情報収集を行い、身体《からだ》の不自由な坂柳の手足となって働く。休日にケヤキモールで会う約束をするなど、坂柳からは気に入られている様子。』

能力評価
7/1時点
学力C
判断力B-
協調性D
身体能力B+
知性D+

「坂柳を止めてよ。あんたならそれが出来るんじゃないの」

Yahiko Totsuka

東京都高度育成高等学校 生徒証明書

戸塚《とつか》弥彦《やひこ》

「不甲斐ない成績を取れば、葛城さんをがっかりさせるからな」

『葛城《かつらぎ》を慕う葛城派の生徒。無人島試験では不注意からリーダーであることを綾小路《あやのこうじ》に見抜かれてしまう。クラス内投票では坂柳《さかやなぎ》に逆らった見せしめとして退学させられた。』

学籍番号	S01T004681
クラス	1-A（坂柳クラス）
部活動	無所属
誕生日	5月12日

東京都高度育成高等学校 生徒証明書

鬼頭《きとう》 隼《はやと》

Hayato Kito

「いいや――おまえが素人集団に追い詰められているだけだ」

『坂柳派として橋本《はしもと》や神室《かむろ》と行動を共にすることが多い。身体能力の高い武闘派で坂柳のボディガード役を担う。普段は白い手袋を装着しているが、喧嘩《けんか》の際には外す。』

学籍番号	S01T004664
クラス	1-A（坂柳クラス）
部活動	NO DATA
誕生日	4月4日

1-A その他の生徒
Classroom of Sakayanagi

石田《いしだ》優介《ゆうすけ》 Yosuke Ishida
選抜種目試験で数学テストに参加。

沢田《さわだ》恭美《やすみ》 Yasumi Sawada
船上試験では丑（牛）グループの一人。

里中《さとなか》聡《さとる》 Satoru Satonaka
1年女子によるイケメンランキングで、女子人気1位に輝く。選抜種目試験で英語テストに参加。

清水《しみず》直樹《なおき》 Naoki Shimizu
同じクラスの西川に告白するが振られる。船上試験では丑（牛）グループの一人。選抜種目試験でバスケットボールに出場。

島崎《しまざき》いっけい《いっけい》 Shimazaki
選抜種目試験で数学テストに参加。

竹本《たけもと》茂《しげる》 Shigeru Takemoto
船上試験では卯（兎）グループの一人。

杉尾《すぎお》大《ひろし》 Hiroshi Sugio
選抜種目試験で英語テストに参加。

田宮《たみや》江美《えみ》 Emi Tamiya
選抜種目試験で得意なフラッシュ暗算に参加。

谷原《たにはら》真緒《まお》 Mao Tanihara
選抜種目試験で英語テストに参加。

塚地《つかじ》しほり《しほり》 Shihori Tsukaji
選抜種目試験で英語テストに参加。

司城《つかさき》大河《たいが》 Taiga Tsukasaki
平田に並ぶほど女子人気が高い男性生徒。同じ部活の先輩と付き合っている。選抜種目試験で数学テストに参加。

中島《なかじま》理子《りこ》 Riko Nakajima
選抜種目試験で英語テストに参加。

鳥羽《とば》茂《しげる》 Shigeru Toba
選抜種目試験でバスケットボールに出場。

西川《にしかわ》亮子《りょうこ》 Ryoko Nishikawa

清水に告白されたことをクラスの女子にバラした。船上試験では辰(竜)グループの一人、選抜種目試験で数学テストに参加。

町田《まちだ》浩二《こうじ》 Koji Machida

強気で利己的な性格。船上試験時には、卯(兎)グループのAクラス代表として発言する。

森重《もりしげ》卓郎《たくろう》 Takuro Morishige

葛城派だが、無人島試験で反旗を翻し、坂柳派になる。卯(兎)グループに参加した船上試験では、坂柳のためポイントを得ようとグループを裏切るも優待者を外す。選抜種目試験で数学テストに参加。

矢野《やの》小春《こはる》 Koharu Yano

船上試験では辰(竜)グループの一人。

吉田《よしだ》健太《けんた》 Kenta Yoshida

船上試験では丑(牛)グループの一人。選抜種目試験ではタイピング技能で、外村と対戦。83点を取るが、90点の外村に敗れる。

西《にし》 春香《はるか》 Haruka Nishi

船上試験では丑(牛)グループの一人、混合合宿では一之瀬と同じ小グループに所属。

福山《ふくやま》しのぶ《しのぶ》 nobu Fukuyama

選抜種目試験で英語テストに参加。

的場《まとば》信二《しんじ》 Shinji Matoba

混合合宿ではAクラスメインの小グループを仕切っていた。船上試験では辰(竜)グループの一人、選抜種目試験で数学テストに参加。

元土肥《もとどい》千佳子《ちかこ》 ko Motodoi

テニス部所属。橋本に好意を持っており、バレンタインデーにはチョコを渡した。混合合宿では一之瀬と同じ小グループに所属、選抜種目試験で英語テストに参加。

森宮《もりみや》 Morimiya

船上試験でグループの集合場所の近くにいて、携帯に何かを打ち込んでいた。

山村《やまむら》美紀《みき》 Miki Yamamura

選抜種目試験で数学テストに参加。

六角《ろっかく》百恵《ももえ》 Momoe Rokkaku

混合合宿では一之瀬と同じ小グループに所属。選抜種目試験で英語テストに参加。

1学年の総評

General Comment of the First-year

坂柳クラス

Classroom of Sakayanagi

クラスリーダー

坂柳有栖

1学年終了時の暫定クラスポイント

1131 ポイント

特別試験の取り組み

葛城が主導時にはクラスポイントを落としていたが、坂柳がクラスを掌握して以降はペーパーシャッフル、選抜種目試験で勝利。リーダー交代が功を奏した。

一年の総括

クラス内の派閥争いでやや出遅れた感はあるが、普段から減点対象となる行動がない。その影響もあり、1年終了時には1000ポイントを上回る結果を残せた。

クラスの強み

Aクラスには優秀な生徒が揃っているので、リーダーがクラスメイトを適材適所に配すれば、安定して実力を発揮できる。大崩れしないところは評価できるポイント。

今後の課題

坂柳は戦略の全てを共有せず、統率はとれているが誰もが真意を測りかねている。クラス内投票も禍根を残す結果となり、クラスが一枚岩とは言い切れない状態。

もしもOAAがあったら

2学期時点のOAA評価

2020年の『ようこそ実力至上主義のフェスタへ in Akihabara』と、2022年に全国書店にて開催されたフェアで配布された特典の情報を掲載。２年生編から導入されたOAA（over all ability）が、1年生の２学期スタート時にあった場合のデータをまとめました。さらに、綾小路たちの特技や好物などを紹介します。

OAAの見方

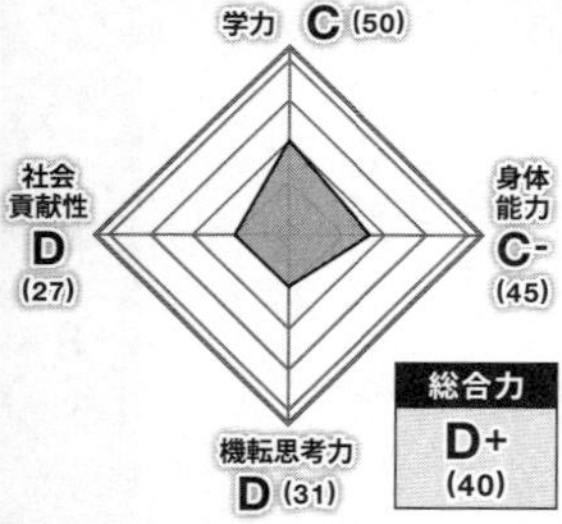
学力 C (50)
身体能力 C- (45)
機転思考力 D (31)
社会貢献性 D (27)

総合力
D+
(40)

学力 主に筆記試験の点数から算出

身体能力 体育授業の評価、部活動での活躍、特別試験等の評価から算出

機転思考力 友人の多さ、コミュニケーション能力や、機転応用が利くかどうかなど、社会への適応力を求められ算出

社会貢献性 授業態度、問題行動の有無、学校への貢献など、様々な要素から算出

総合力 上記４つの数値から算出
※総合力の具体的な求め方
（学力＋身体能力＋機転思考力＋社会貢献性×0.5）÷350×100で算出（四捨五入）

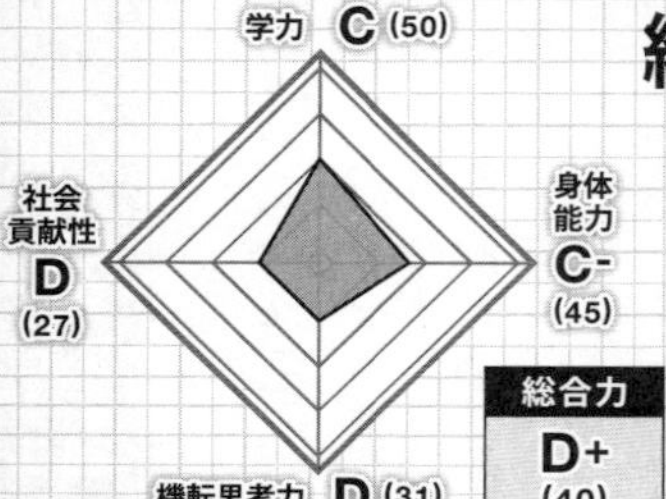
学力 C (50)
身体能力 C- (45)
機転思考力 D (31)
社会貢献性 D (27)

総合力
D+
(40)

綾小路清隆

特技
なし

趣味
読書

好物
探求中

苦手な物
なし

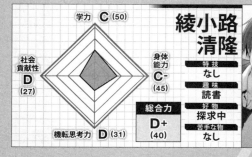

堀北鈴音

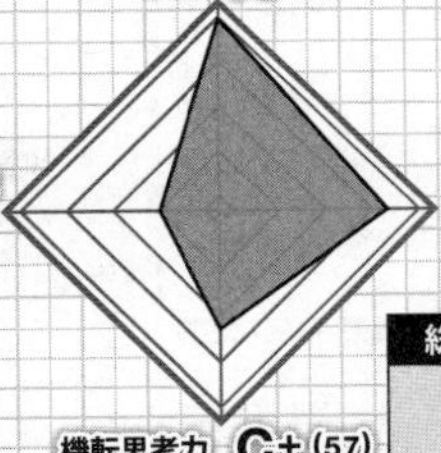

総合力
B
(69)

特技
勉強

趣味
料理

好物
和食

苦手な物
TVゲーム

軽井沢 恵

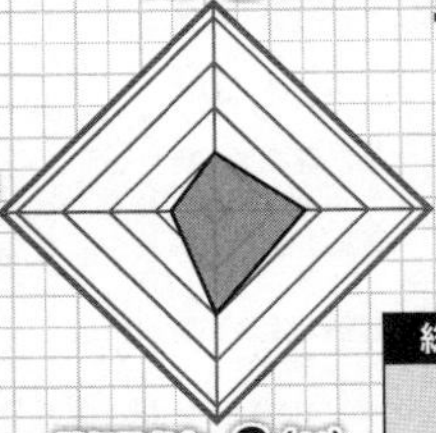

総合力
D+
(38)

特技
お喋り

趣味
SNS

好物
チョコレート

苦手な物
勉強

龍園 翔

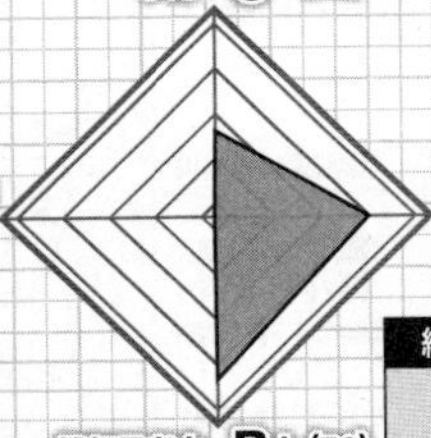

総合力
C
(54)

特技
喧嘩

趣味
支配

好物
炭酸水

苦手な物
貝類

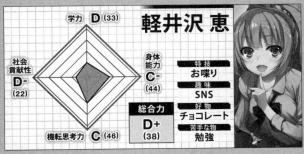

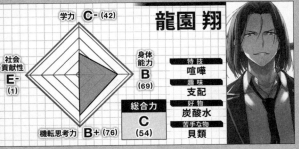

椎名ひより

学力 A-（82）
身体能力 D（29）
機転思考力 D-（23）
社会貢献性 C-（44）

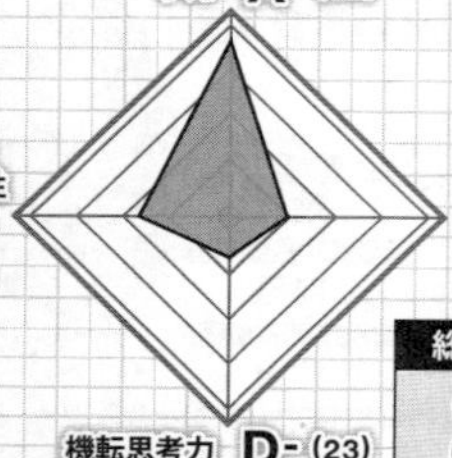

総合力
C-（45）

- 特技：暗記
- 趣味：読書
- 好物：卵焼き
- 苦手な物：電子書籍

一之瀬帆波

学力 A-（81）
身体能力 C（53）
機転思考力 A-（84）
社会貢献性 A-（84）

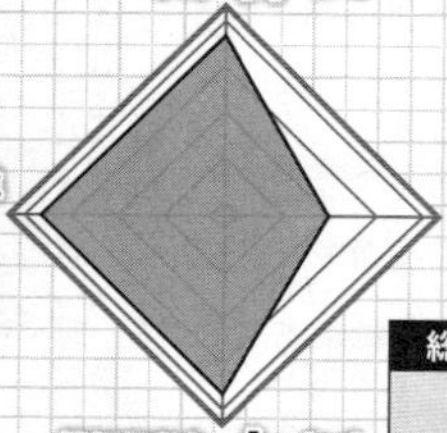

総合力
B（74）

- 特技：裁縫
- 趣味：お菓子作り
- 好物：果物
- 苦手な物：スポーツ

坂柳有栖

学力 A（93）
身体能力 D-（24）
機転思考力 B（71）
社会貢献性 C（55）

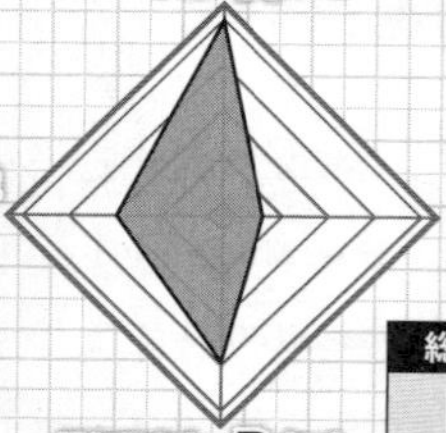

総合力
B-（62）

- 特技：チェス
- 趣味：綾小路観察
- 好物：パスタ
- 苦手な物：汚いもの

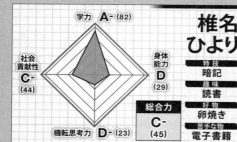

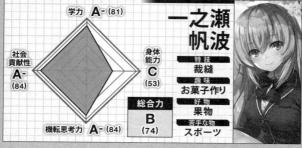

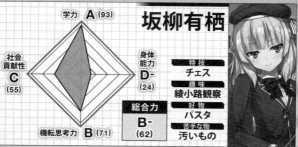

2nd to 3rd Grade

2～3年生

東京都高度育成高等学校
生徒証明書

2~3年生

堀北《ほりきた》 学《まなぶ》

学籍番号
S01T004396

クラス
3-A

部活動
NO DATA

誕生日
4月24日

Manabu Horikita

「他者に強くあれ。
そして優しくあれ」

『3年Aクラスのリーダーで、1年生の冬から3年生の秋まで生徒会長を務めた。歴代最高の生徒会長と評される実力の持ち主。幼少時より学問やスポーツなどあらゆる分野でトップを取り続け、武術にも精通している。質実剛健で、在校生から尊敬を集める。洞察力にも長《た》けており、綾小路《あやのこうじ》が妹・鈴音《すずね》を裏から操っていることをいち早く看破し、妹を生徒会に入れることなどを条件に綾小路に協力する。』

生徒調査書

クラスメイトのためには犠牲も厭わない

混合合宿で南雲《なぐも》の策略により同クラスの橘《たちばな》が退学の危機に晒《さら》されると、大きな代償を支払って退学を回避。結果、3年Bクラスに肉薄されることになるが、クラスメイトからの信頼は厚く、その決断を非難されることはなかった。

鈴音の秘めた能力を信じているからこその行動

内心では鈴音の才能に期待を寄せており、自分の幻影に囚《とら》われてほしくないとの思いから、あえて冷淡な態度を取り突き放していた。後に鈴音と和解。卒業時には綾小路に「生徒たちの記憶に残る生徒になれ」と伝える。

東京都高度育成高等学校
生徒証明書

2～3年生

橘《たちばな》 茜《あかね》

学籍番号
S01T004461

クラス
3-A

部活動
NO DATA

誕生日
5月6日

Akane Tachibana

『3年Aクラスに所属。生徒会書記を務め、学《まなぶ》からの信頼も厚い。混合合宿では南雲《なぐも》の策略で退学の危機に瀕《ひん》するが、3年Aクラスの意向で救済された。綾小路《あやのこうじ》が学にぞんざいな態度を取ることに怒りつつも、学が綾小路を気にかける理由を知りたがっている。』

「堀北くんは……堀北くんは
ずっと一人で戦ってるんです」

2～3年生

東京都高度育成高等学校 生徒証明書

南雲《なぐも》 雅《みやび》

学籍番号
S01T004542

クラス
2-A

部活動
元サッカー部

誕生日
NO DATA

「優秀な生徒が上位のクラスにいるのは当たり前のことだ」

『堀北《ほりきた》学の後を継ぎ生徒会長になると、学校をより実力主義に変えることを標榜《ひょうぼう》。容姿端麗かつ成績優秀で、2年生全体を掌握するほどのカリスマ性がある。高く評価していた学が1年生の中で気にかけていたことから綾小路に興味を持ち、その実力を探ろうとしている。』

朝比奈《あさひな》なずな《なずな》

Nazuna Asahina

「まぁ頑張って雅に一泡吹かせてみて。ちょっとだけ期待してる」

『南雲《なぐも》と同じ2年Aクラスに所属。南雲と親しいが崇拝しているわけではない。大切にしているお守りを拾ってくれた綾小路《あやのこうじ》に恩義を感じ、南雲に関する情報を提供する。』

学籍番号	S01T004570
クラス	2-A
部活動	NO DATA
誕生日	1月6日

桐山《きりやま》生叶《いくと》

Ikuto Kiriyama

「傍で歯を食いしばっているしかない惨めさが分かるか？」

『元Aクラスで今はBクラスの副会長。南雲に協力的な振りをしつつ、失脚を狙う。堀北《ほりきた》学《まなぶ》を通じて綾小路と面識を持ち、綾小路の依頼で掲示板に1年生の誹謗《ひぼう》中傷を書き込む。』

学籍番号	NO DATA
クラス	2-B
部活動	NO DATA
誕生日	NO DATA

OTHERS
他学年の生徒
2nd to 3rd grade

2-A
殿河《とのかわ》
Tonokawa

南雲が生徒会長に就任した際に、生徒会書記になる。南雲に意見できる数少ない生徒。

3-A
藤巻《ふじまき》
Fujimaki

体育祭で赤組の総指揮を担当。Aクラスのナンバー2。

3-B
石倉《いしくら》
Ishikura

バスケ部所属。混合合宿では南雲や綾小路と同じ大グループに所属。

2-A
溝脇《みぞわき》
Mizowaki

生徒会書記。南雲と苦楽を共にしてきた。殿河と同じく、南雲に意見できる数少ない生徒。

3-B
猪狩《いかり》桃子《ももこ》
Momoko Ikari

混合合宿では小グループの責任者を務める。南雲からの提案でわざと最下位を取り、平均点のボーダーを下回ったペナルティで橘を道連れに退学処分を受ける。事前に石倉が南雲から受け取っていたポイントで救済措置を受ける。

3-C

綾瀬《あやせ》 夏《なつ》

Natsu Ayase

混合合宿では、堀北や櫛田が所属する大グループの責任者で、女子グループの1位に輝いた。

3-D

過去問の先輩《かこもんのせんぱい》

食堂で無料の山菜定食を食べていたところを綾小路から声をかけられ、1年時の中間テストと小テストの問題を売る。

その他
(所属クラス不明)

橋垣《はしがき》

Hashigaki

部活動の入部説明会で弓道部の紹介した女子生徒。弓道部の主将。

3-B

津野田《つのだ》

Tsunoda

混合合宿では石倉と同じ小グループに所属。

3-C

二宮《にのみや》倉之助《くらのすけ》

Kuranosuke Ninomiya

混合合宿では堀北学も所属する大グループの責任者で、男子グループの1位に輝いた。

3-D

過去問の先輩の彼女《かこもんのせんぱいのかのじょ》

休日には彼氏と水玉ストライプのペアルック姿でケヤキモールでデート。ぶつかった篠原に対し、高圧的な態度で謝罪を要求した。

The Tokyo Metropolitan Advanced Nurturing High School

生徒会案内 School Guide

生徒会長

伝統を守る堀北学と革新を目指す南雲

堀北学は学校の伝統を守ることに重点を置きつつ、総選挙を12月から10月に変更し、よりよい学校づくりを目指していた。新会長の南雲は、実力のある生徒はより上に行く、真の実力主義の学校作りを宣言。

権力

生徒会の権力は生徒会長に左右される

生徒会には一定の権限が与えられている。堀北学は須藤暴力事件で審議会に参加し、南雲も混合合宿においてルールの製作・構築に関わった。無人島での特別試験も、昔の生徒会が考えた案を軸にしている。

生徒会への入会

入会方法は生徒会の面接

4月～6月末までの間か10月の生徒会の面接に合格すれば、1年生でも入会できる。例年2～3人の1年生を採る。一之瀬と葛城が面接を受けるが、堀北学により不合格。その理由は、優秀だが純粋な葛城と一之瀬が、南雲の影響を受けるのを危惧したためだ。その後一之瀬は、南雲の鶴の一声で入会が認められた。

●生徒会役員

生徒会長　堀北学
副会長　南雲雅
書記　橘茜
他　桐山生叶
　　一之瀬帆波など

10月の生徒会選挙以降

生徒会長　南雲雅
副会長　桐山生叶
書記　溝脇
　　　殿河
他　一之瀬帆波など

要チェック!

2年次はこの人物が活躍!?

1年次では能力を発揮する場面が少なかった生徒の中から、今後活躍が期待される生徒を抜粋。

高円寺六助

高い運動能力と学力を持ち、入学前の事前調査では数年に1人のポテンシャルを持つ逸材という評価。これまでの特別試験では非協力的だったが、2年次でその能力を発揮することはあるのか。

神崎隆二

一之瀬の右腕的存在。選抜種目試験後は龍園に対し、今後卑劣な行為を仕掛けようとすれば容赦はしないと宣言。1年次に一之瀬のサポートに徹していた神崎は、今後どのように振る舞うのか?

橋本正義

Aクラスで卒業することを目的に動く橋本。それ故に、龍園や神崎など、各クラスとのパイプを持つ。今は坂柳一派だが、他者が坂柳を上回ることがあれば、彼女を裏切ることも辞さない考えだ。

学校関係者・その他

School Officials & The Others

東京都高度育成高等学校 職員証明書

茶柱《ちゃばしら》佐枝《さえ》

担当クラス
1-D（堀北クラス）

誕生日
5月20日

Sae Chabashira

「Aクラスを目指すか退学するか。
好きな方を選べ」

「Dクラスの担任で担当教科は日本史。中間テストでは試験範囲の変更をあえて伝えなかったように、自クラスの生徒を突き放すような言動が目立つ。実は高度育成高校の卒業生であり、現Aクラス担任の真嶋《ましま》、B担任の星之宮《ほしのみや》とは同級生。過去に些《さ》細《さい》なミスを犯したことでAクラスになることが叶《かな》わず、夢も崩れ去ったため、現在は自身の担当クラスをAクラスに上げることに執念を燃やしている。」

職員調査書

Dクラス担任の地位を脱却するために暗躍

綾小路《あやのこうじ》の事情を坂柳《さかやなぎ》理事長から聞いており、父親が退学させたがっているが、守る代わりに実力を発揮しろと綾小路を脅迫。担当クラスのAクラス昇格への野望を捨てきれず、嘘《うそ》をついて綾小路を利用しようと画策していた。

2年次に向けて学校側を監視

綾小路が選抜種目試験のチェス対決で敗れた際に、月城《つきしろ》理事長代理が勝敗の行方に関与していたことを知ると、真嶋と共に綾小路への協力を決意。月城理事長代理による越権行為や妨害工作に目を光らせることを約束した。

星之宮《ほしのみや》知恵《ちえ》

東京都高度育成高等学校
職員証明書

担当クラス
1-B（一之瀬クラス）

誕生日
2月1日

「サエちゃん、Aクラスに上がれるかも、なんて幻想抱いてる？」

『1年Bクラス担任を務める保健医。気さくな性格で、生徒からの人気は高い。ただ、酒癖が悪く、酔った姿を生徒に目撃されることも。高度育成高校の卒業生で、茶柱《ちゃばしら》や真嶋《ましま》とは同級生だった。茶柱にライバル意識を持ち、下剋上を危惧して探りを入れてくる。』

学校関係者・その他

真嶋《ましま》智也《ともや》

東京都高度育成高等学校 職員証明書

Tomoya Mashima

「教師が生徒に教えていることを守らないでどうする」

『1年Aクラス担任で、担当教科は英語。公平性を重視し、どの生徒にも一定の距離を保って接する。坂柳《さかやなぎ》理事長を介して綾小路《あやのこうじ》の状況を知り、綾小路への協力を承諾する。』

担当クラス　**1-A**（坂柳クラス）

誕生日　2月16日

坂上《さかがみ》数馬《かずま》

東京都高度育成高等学校 職員証明書

Kazuma Sakagami

「泣けば許されると思っているのなら君の策略は実に愚かしいことだよ」

『1年Cクラスの担任。自クラスの生徒に肩入れする様子が見られ、須藤《すどう》の暴力事件の際には石崎《いしざき》らを弁護し、Dクラスを陥れようとする龍園《りゅうえん》の策略をアシストしていた。』

担当クラス　**1-C**（龍園クラス）

誕生日　12月7日

Board Chairman Sakayanagi

坂柳理事長《さかやなぎりじちょう》

「僕は学校の責任者として ルールの中で生徒を守る」

高度育成高校の理事長で、坂柳有栖《ありす》の父親。かつて綾小路《あやのこうじ》父と交流があり、昔から知る綾小路の入学を独断で許可した。不正の嫌疑をかけられて休職を余儀なくされる。

役職	理事長
誕生日	NO DATA

Ayanokoji's Father

綾小路父《あやのこうじちち》

「おまえはいずれこの私を超え日本を動かしていく存在となるべきだ」

綾小路清隆《きよたか》の父。天才育成を目的とした教育機関ホワイトルームの責任者。ホワイトルームが休止中、独断で高度育成高校に入学した清隆を連れ戻そうとしている。

役職	NO DATA
誕生日	NO DATA

学校関係者・その他

月城理事長代理《つきしろりじちょうだいり》

Acting Chairman Tsukishiro

「自主退学しないとなると、今後の学校生活は大変なものになりますねえ」

坂柳理事長に代わって臨時で理事長に赴任。綾小路父から清隆を退学させる密命を受けている。選抜種目試験ではチェス競技に介入し、清隆のプロテクトポイントを奪う。

役　職	理事長代理
誕生日	NO DATA

松雄親子《まつおおやこ》

Matsuo Parent and Child

役　職	NO DATA
誕生日	NO DATA

松雄は綾小路家の執事で、「唯一綾小路父の手から逃れられる学校」と清隆に高度育成高校への進学を提案した。その結果、松雄は綾小路父の不興を買い焼身自殺し、息子も無職になった、と綾小路父は清隆に語った。

The Tokyo Metropolitan
Advanced Nurturing High School

School Guide

教職員就業規則

実力主義

教師たちも競い合う高度育成高等学校

卒業時の担当クラスで評価が決まるため、教師たちも生徒同様に競い合っている。それ故に教師たちも、お互いをライバル視している一面がある。だが、下のクラスが上に行くのは難しいのが実情である。

ルール違反

教師の介入は認められていない

教師が生徒間の問題や、特別試験でクラスの行動に過度に介入する行為は、この学校では褒められたものではない。クラスに肩入れしすぎると、場合によっては減給などの処分を受けることになる。

教師の立場

指導方針と理事の役割

学校の指導方針を決める役割を担うのは理事である。学校には多くの教師が勤めているが、基本的には理事の指導方針に従っている。坂柳理事長の代理で来た月城が、追加特別試験を行うことを決めた際も、教師たちの反対を押し切って実行できたのはそのためだ。なお、月城が来たのは、綾小路父が関与している。

●その他の教職員

校長
7巻で登場。60歳前後の男性。綾小路父には頭が上がらない。

東山
体育教師。水泳部顧問。1巻の水泳の授業で登場。

保健の先生
体育祭で保健室に勤めていた。

高度育成高等学校
私服コレクション
Casual Clothes Collection

普段は制服姿の綾小路たちも、
放課後や休日は私服で過ごしている。
ここでは彼らの私服姿を紹介。

一之瀬
10巻
7.5巻
龍園
椎名
11.5巻
坂柳
11巻
軽井沢
11.5巻

東京都高度育成高等学校 活動報告

The Tokyo Metropolitan Advanced Nurturing High School Activity Report

4月から高度育成高等学校に入学した綾小路たち。彼らが受けた特別試験や学校生活の1年間を振り返ります。

▶Story Guidance vol.01

4月～5月 1学期中間テストの洗礼

1巻

高度育成高等学校に入学した綾小路《あやのこうじ》清隆《きよたか》は、入学式当日、学校に向かうバスの中で隣り合った黒髪の美少女と教室で再会を果たす。少女の名は堀北鈴《ほりきたすず》音《ね》。高度育成高等学校は、卒業後の進路希望がほぼ１００％叶《かな》えられるのだが、その実、優秀なAクラスだけが好待遇を受けられる実力至上主義の学校であり、綾小路らは『不良品の集まる場所』と揶揄《やゆ》される最底辺のDクラスに配属されてしまった。Aクラス昇格を目指す堀北に巻き込まれ、綾小路は彼女に協力していくことになる。

要点

徹底した実力主義を掲げる学校には中間・期末に行われる定期テストで1科目でも赤点を取ると退学になる厳しい校則がある。綾小路たちは、入学して初めての中間テストを乗り越えることができるのか⁉

赤点の基準

小テストの赤点は32点。そこから中間テストの赤点も32点未満だと推測。小テストでは、須藤《すどう》と池《いけ》、山内《やまうち》をはじめ7人が赤点を取っていた……。赤点組のために平田《ひらた》が勉強会を開くが、須藤と池、山内は勉強会への参加を見送る。退学者を出さないために、須藤たちの学力アップは必須だ。なお、中間テストは、1時間目・社会、2時間目・国語、3時間目・理科、4時間目が数学、5時間目・英語の5科目だ。

Check

茶柱の発言の違和感

茶柱は「今回のテストで言えば」と小テストを例にし、32点未満が赤点と発言。「今回」ということは、中間テストでは違う可能性があるのか……。教師の発言の裏に隠された意味を読み取ることが大事だ。

試験範囲の変更

中間テスト1週間前に、試験範囲が変更されていたことが判明。綾小路だけは、中間テストの説明で茶柱《ちゃばしら》による「赤点を取らずに乗り切れる方法はあると確信している」という発言から、勉強以外にも赤点を回避する方法があるのではないかと推理する。

Story 1学期 中間テストの洗礼

退学回避の勉強会発足とその頓挫

入学して早々、担任の茶柱佐枝《さえ》からSシステムや学校の仕組みについての説明を受けると、問題児ぞろいの1年Dクラスの生徒たちは自由気ままに振る舞うようになる。だが1か月が過ぎ、月初にプライベートポイントが振り込まれていないことに気付く。そしてSシステムの本質を知り、Dクラスは1000あったクラスポイントをすべて喪失してしまったことを知る。

また、クラスポイントに応じてA～Dにクラスランクが変動し、高度育成高校が謳《うた》う恩恵を受けられるのはAクラスのみ。中間テストや期末テストで1科目でも赤点を取ると退学処分になると聞かされる。優秀であれば好待遇を受け卒業後の進路も約束される、という実力主義の原理原則を説明されたものの、クラスポイントを獲得する具体的な方法は開示されることはなかった。そのため、生徒たちは互いに協力することに乗り気ではない。

危機感を抱いた平《ひら》田《た》洋介《ようすけ》が中間テストに向けた勉強会を提案し、堀北は赤点候補の3バカトリオ（須藤健《けん》、池寛治《かんじ》、山内春《はる》樹《き》）を担当することに。だが、彼らはテストなんて一夜漬けでどうにかなるとタカを括《くく》っている始末。綾小路は櫛《くし》田《だ》桔梗《ききょう》の協力を得て、どうにか3バカトリオを勉強会に参加させたものの、堀北の傲慢《ごうまん》な態度のせいで勉強会は頓挫《とんざ》する……。

綾小路は、協力してくれたお礼と謝罪をしようと校舎の屋上まで櫛田を追うが、そこで堀北への罵詈雑言《ばりぞうごん》を叫ぶ櫛田の姿を目撃する。期せずして櫛田の裏の顔を知ってしまった綾小路は、制服の胸の位置に付着した指紋を材料に恐喝され、秘密を厳守することを誓わされる。

勉強会の再結集と綾小路の暗躍

ある夜、１年生寮の裏手で堀北鈴音が生徒会長の堀北学《まなぶ》と密会しているのを見かけた綾小路は、行きがかり上、兄妹《きょうだい》の揉《も》め事を仲裁することに。そして、堀北が兄を追って高度育成高校に入学したことや、Ａクラスを目指していることを知る。Ａクラスに上がるのは自分自身のためで、他の人が退学になろうが関係ないと考える堀北に、綾小路は３バカトリオたち赤点組を切り捨てると、いつか後悔することになるかもしれないと説明。赤点組を救済するメリットを説くことで、堀北に須藤たちの面倒を見ると決意させた。そして、綾小路は再び櫛田の協力を取り付け、それぞれが利己的な結びつきだが、勉強会を再結集。堀北が授業時間を活用する勉強法を指南し、赤点組の勉強に対する意識も変化してきた。

　ところが、中間テストまで残り1週間に迫った日に事件が起こる。赤点組が図書室で勉強会をしていると、1年Cクラスの山《やま》脇《わき》が須藤に嫌味を言ってきたのである。一触即発の空気だったが、1年Bクラスの一《いち》之《の》瀬《せ》帆波《ほなみ》が間に入って取りなしてくれたおかげで、事なきを得る。その時山脇の言葉から、綾小路たちはテスト範囲が変わっていることに気付く。茶柱を問い詰めるも、悪びれる様子もなく認めるだけで状況は好転しない。赤点組に諦めムードが漂う中、須藤が部活を1週間休んで勉強すると宣言。そんな須藤に感化され、池や山内たち赤点組が中間テストに向けて再び意欲を燃やす。

mini topic

ポイントを得る手段は様々

入学して間もない4月、屋内プールで水泳授業が行われ、体育担当の東山先生は1位の生徒に5000ポイントを支給すると伝えた。結果として男子では高円寺、女子では水泳部の小野寺が1位に。これはただの余興ではなく、部活動の活躍や貢献度によってもポイントが得られることが読み取れる布石にもなっていた。

　一方で、綾小路は櫛田と共に学食で暗躍していた。プライベートポイントが足りない生徒への救済措置として提供されている、無料の山菜定食を注文する3年Dクラスの男子生徒に接触を図ると、1万5000プライベートポイントを提供する見返りとして、一昨年《おととし》の中間テストの過去問と小テストの解答を入手する。実は4月末に行われた小テストには、2年生や3年生になってから習うような難問が含まれていた。普通であれば、入学直後の1年生には全問正解は難しいところだ。ただし、過去問を手に入れていた生徒であれば、その限りではない。覚えた解答を記入すれば、難問だろうが正解できる。小テストは、学力を見極めるためだけではなく、過去問を入手するという手段に辿《たど》り着いた生徒がどの程度いるのかを測るためのものではないかと、綾小路は推察していた。3年の先輩から入手した小テストの解答を見て、今回の中間テストでも過去問は有効に違いない、と推察は確信へと変わる。

すぐに過去問を渡すと、緊張が緩み、猛勉強に水を差す。そう考えた綾小路は、過去問をテスト前日に櫛田経由でDクラスに共有する。全員が万全の態勢でテスト本番に臨んだ……はずだったが、須藤だけは前夜に寝落ちし、英語の過去問に目を通せなかった。結果、須藤の英語は39点。赤点回避には1点足りず、退学を言い渡されてしまう。しかし、綾小路が茶柱に1点を売るように交渉を持ちかける。茶柱の提示した10万ポイントは綾小路1人では払えなかったが、堀北が協力を申し出たおかげで須藤を退学の危機から救ったのである。なお、中間テストの最中には、「自分以外のことを理解する必要はない」と思っていた堀北が須藤に謝罪する一幕も。まとまりに欠けるクラスだが、それぞれに成長の兆しを見せた1学期中間テストであった。

解答

中間テストの過去問を手に入れた綾小路は、Dクラスに過去問を共有する。過去問を覚えれば赤点を回避できる……だが、須藤が寝落ちして英語の過去問に目を通すことができず赤点を取ってしまう。

過去問の入手

綾小路は茶柱の「赤点を取らずに乗り切れる方法はある」という発言と、小テストの難易度から、3年の男子生徒と交渉し過去問を入手。小テストの内容が一字一句変わっていないことで、中間テストも過去問が有効だと確信に至る。過去問をクラスに共有して緊張が緩んでしまうことを避けるため、過去問を試験前日に共有するべく取り計らう。だがその行動が裏目に出て、須藤は英語で赤点を取ってしまう……。

Check 交渉も学校のルール内

綾小路に過去問を売った先輩は、特別驚いたそぶりも見せずに、取り引きに応じた。さらに、入学直後の小テストの答案用紙を保存していることからも、過去問の取り引きは学校が用意していた手段だとわかる。真面目にテストに取り組むだけではなく、知恵を駆使し行動することも、実力主義を謳う学校が求めることかもしれない……。

テストによって違う赤点の基準

赤点の算出方法は、平均点割る2だ。なお、小数点以下は四捨五入される。小テストでは32点未満が赤点だったが、中間テストの英語では40点未満。須藤は39点で赤点になってしまった。茶柱が小テストの赤点の説明で「今回のテストで言えば」と発言したことからも、赤点の基準が違うことが推測できる。その可能性に気づいていた堀北は、英語でわざと低い点数を取り、須藤のために平均点を下げていた。そして、学校内においてポイントで買えないものはない、というSシステムを利用し、綾小路と堀北は、茶柱から須藤の英語テストの1点を購入し須藤の退学を回避した。

Check 買うものの価値

学校側は、ポイントに関する事柄について、徹底的に明文化している。中間テストでは1点10万プライベートポイントだが、他のテストでは1点の価値が変わるらしい。

April-May

クラスポイントの推移

1-A（坂柳クラス）	1-B（一之瀬クラス）	1-C（龍園クラス）	1-D（堀北クラス）
1000ポイント	1000ポイント	1000ポイント	1000ポイント
↓ -60ポイント	↓ -350ポイント	↓ -510ポイント	↓ -1000ポイント
940ポイント	650ポイント	490ポイント	0ポイント

▶Story Guidance vol.02

6月～7月 須藤が起こした暴力事件

『
7月初頭、初めての中間テストを乗り切った1年生へのご褒美として、各クラスに最低１００クラスポイントが支給されることになった。Dクラスが獲得したのは87クラスポイント。ところが、トラブルがあって1年生だけポイント支給が遅れているらしい。原因は、須藤《すどう》が起こしたCクラス男子への暴力事件であった。須藤は正当防衛を主張するが、どうにも旗色は悪い。事件の際に気配を感じたという須藤の証言を頼りに、綾小路《あやのこうじ》は櫛田《くしだ》に誘われ目撃者探しに奔走する。
』

2巻

要点

須藤とCクラス生徒との間に問題が起きて、翌週に開かれる審議会で決着をつけることになった。審議会の結果によってはクラスポイントが変動する可能性があるため、ポイント支給は先送りに……。

特別棟で起きた事件

特別棟の事件発生現場には監視カメラがないため、詳細は当事者に聞くしかない。須藤は、自分がバスケ部のレギュラー候補に選ばれたことを妬《ねた》んだ小宮《こみや》と近藤《こんどう》に、バスケ部を辞めろと脅された、と主張。さらに、小宮たちが先に手を出したため、正当防衛のため殴ったと言う。Cクラスの小宮と近藤、石崎《いしざき》は、一方的に殴られ怪我《けが》を負った、と訴える。事実、須藤は無傷に対し、Cクラス生徒は怪我を負っていた。

Check

目撃者

事件現場で第三者の気配を感じていた須藤の言葉を頼りに、Dクラスは目撃者を探す。堀北の推理で、佐倉が目撃者だと判明。協力を求めるが、佐倉は協力を拒否する。須藤の無実を証明するには、新たな目撃者を探す必要があるのだが……。

佐倉が抱える問題

佐倉《さくら》がデジカメを修理した際、店員は佐倉に不気味な視線を向けていた。その店員には、デジカメを購入した際に話しかけられていたらしく、店員との間に、なにか問題を抱えていそうだ……。

June-July

Story 須藤が起こした暴力事件

身近にいた目撃者と一之瀬の協力

7月のポイントの支給が遅れている。その原因は、須藤とCクラス男子との暴力騒動だった。須藤と揉《も》めた生徒は、同じバスケ部の小宮と近藤。さらに小宮たちと同じクラスの石崎。3人は須藤から特別棟に呼び出され、一方的に暴力を振るわれて怪我《けが》をしたと学校側に訴え出た。須藤の主張は正反対で、翌週の火曜日に開かれる審議会で正当性を証明できなければ、須藤は夏休みまで停学処分となり、さらにクラスポイントもマイナスされてしまう。Aクラス昇格に並々ならぬ意欲を見せている堀北《ほりきた》は、しかし今回の事件解決には消極的だ。そもそも本件は須藤の日頃の行いが招いたものであり、罰を受けて反省するいい機会ではないか、というのが彼女の考えだった。だが、目撃者探しの手がかりをもたらしたのは堀北の洞察力だった。櫛田が教室で目撃者について話した際に佐倉愛里《あいり》だけが目を

伏していたので直接確認したところ、認めはしなかったものの、彼女が目撃者で間違いないという。さっそく櫛田が佐倉に接触を図るも、取り付く島もない。佐倉は去り際に男子生徒にぶつかり、手にしていたデジカメが落ちて壊れてしまう。

　一方で綾小路は、堀北と共に特別棟を訪れ、事件現場に監視カメラが設置されていないことを確認する。そんな折、綾小路たちはBクラスの一之瀬《いちのせ》から声をかけられる。事情を話すと、一之瀬は、佐倉以外の目撃者を探すと申し出てくれるのだった。

嘘から始まった事件の幕を引くのは……

　佐倉のデジカメが壊れたことに責任を感じた櫛田は、1人で店まで修理に出しに行く自信がないという佐倉に連れ添い、ショッピングモールの家電量販店まで行くことになる。その際、佐倉からの要望で綾小路も同行することに。

　佐倉が修理受付の前で嫌悪感を浮かべて足を止め、受付用紙への記入に躊躇していたことに違和感を覚えた綾小路は、彼女に代わって受取先に自分の住所と氏名を記入する。そのおかげもあり、佐倉との距離を縮めることができ、佐倉は目撃した出来事を証言することを約束してくれた。

　翌日、綾小路が登校すると、校舎の階段の踊り場に情報提供者を求める貼り紙があることに気がつく。てっきり一之瀬のアイデアかと思ったが、同じくBクラスの神崎《かんざき》によるものだったらしい。さらに一之瀬は学校のHPの掲示板でも情報提供を募っていた。さっそく石崎の中学時代の素行に関するリークが寄せられ、一之瀬は情報提供料のプライベートポイントを譲渡しようとするが、ポイントの送付方法がわからない。綾小路が操作方法を教えていると、画面が見え、一之瀬が多額のプライベートポイントを所有していることを知る。

審議会に出席することが決まった佐倉は、人見知りな性格が災いし、落ち着かない様子。綾小路は彼女を外に連れ出し、誰かのためではなく「自分のため」に証言すればいいとアドバイスを送る。

審議会前夜、綾小路の部屋に櫛田、池、山内が集まると、櫛田は佐倉がグラビアアイドルの雫《しずく》と同一人物ではないかと指摘する。そして、雫のブログのコメント欄に執拗な投稿を繰り返すストーカー気質なファンがいることも判明した。

審議会は4階の生徒会室で開催された。出席者はCクラスから小宮、近藤、石崎、担任の坂上数馬《さかがみかずま》の4名で、Dクラスからは須藤、堀北、綾小路、佐倉、茶柱の5名。さらに生徒会長の堀北学《まなぶ》と書記の橘茜《たちばなあかね》が同席

mini topic

暗躍する綾小路

櫛田と佐倉と一緒に家電量販店に行った後に、綾小路は外村に電話し、監視カメラについての情報を得ている。この時点で監視カメラを偽装する計画を描いており、教室で監視カメラの話題を出したり、平行線ならば話し合いは最初からしない方が良かったと言ったりするなど、堀北がその結論に至るように誘導していた。

する。審議では須藤とCクラス生徒のどちらが呼び出したか、先に喧嘩《けんか》を仕掛けたかの主張が食い違い、押し問答になって埒《らち》が明かない。佐倉の証言は信頼度に乏しいと一顧だにされなかったが、彼女が提出したデジカメの写真には、須藤が石崎を殴った直後の様子が写されていた。おかげで佐倉がその場に居合わせた事実は証明できたものの、須藤の正当防衛を証明できるほどの決め手とはならず……。結局、坂上はCクラス生徒3人は1週間、実際に怪我をさせた須藤は2週間の停学処分とする妥協案を提示する。しかし、堀北が須藤の完全無罪を主張したことで翌日に再審されることになる。

　翌日までに須藤を完全無罪とする証拠を見つけるのは難しい。堀北は、審議で決着をつけるよりも、Cクラスの3人に訴えそのものを取り下げさせることを考えていた。まず一之瀬からプライベートポイントを借りて家電量販店で偽の監視カメラを購入し、事件現場に設置する。そして櫛田にCクラスの3人を呼び出してもらい、学校側は監視カメラを通じて今回の顛末《てんまつ》を把握したうえで生徒たちの動向を注視している、との虚偽を信じ込ませた。かくして退学を恐れた石崎たちは、訴えを取り下げる。

　その一方で佐倉は、家電量販店の搬入口で店員と会っていた。この店員こそ雫のブログにコメントを書き込んでいたストーカーであり、佐倉は店員にストーカー行為をやめるよう嘆願する。しかし、それが裏目に出て、襲われそうになってしまう。すんでのところで綾小路と一之瀬に救われ、暴力事件と同様にこちらも解決を見た。

June-July

解答

佐倉の協力を取り付けるが、1回目の審議では須藤の無実を証明できなかった。完全無罪を勝ち取るため、堀北はある作戦でCクラス生徒に訴えを取り下げさせる。

生徒会が開く審議会

生徒会は、生徒同士の揉《も》め事を解決するために、当事者とそのクラス担任を集めて、審議会で決着をつける。その際、生徒会の主導で当事者たちから聞き取りを行う。なお、須藤とCクラス生徒たちとの間で起きた揉め事の規模では、生徒会長の堀北学が立ち会うのは珍しいことだ。学は、審議には原則立ち会うことを理想としており、今回の審議に立ち会ったのもその理想故だ。

審議会議事録

Cクラス主張	須藤に呼び出され、一方的に暴力を受けた。石崎は、用心棒として連れて行った。
Dクラス主張	小宮と近藤に呼び出された。Cクラスに仕掛けられ、正当防衛で殴り返した。
佐倉の目撃証言	最初にCクラスの生徒が須藤に殴りかかった。
提案	佐倉の目撃証言だけでは決め手にかけるため、Cクラス担任の坂上は須藤に停学2週間、Cクラス生徒に停学1週間を提案。

決着は再審議

話の結論が出ず、翌日の再審議で決着をつけることに。それまでに、証言が嘘である証拠を見つけるか、非を認める申し出がない場合は、今ある証拠で判決を下す。その場合、Cクラス生徒の怪我の状態から、須藤に重い判決が下されるだろう。

堀北の作戦

堀北たちは、ダミーの監視カメラを購入し、事件現場に設置する。Cクラス生徒を事件現場に呼び出し、ダミーの監視カメラを本物だと思い込ませ、虚偽の主張を続けると退学になると通告。事件の訴えを取り下げさせた。その後、Cクラス生徒が他生徒に相談できないように、3人が生徒会室に入るところまで見張っていた。

佐倉とストーカー

佐倉のブログに書き込まれたコメントは、佐倉を近くから見ているような、ストーカーまがいの内容だ。コメントとデジカメを修理した時の状況から、綾小路は、家電量販店の店員がブログに過激なコメントを書き込んだ人物と推測。佐倉はデジカメを購入した際に素性がバレ、家電量販店の店員からストーカー行為を受けていた。綾小路は、玄関での佐倉の「頑張ってみるね。勇気を出して」という言葉から、彼女がストーカーと決着をつけようとしていると推理。携帯の友達登録している相手の位置情報がわかるサービスを使い、ストーカーに襲われそうになっていた佐倉を救出した。

8月 無人島でのサバイバル試験

3巻

『1学期の期末テストを乗り越え、夏休みを迎えた1年生のために学校側が用意したのは、豪華客船による2週間のクルージングの旅であった。だが、これは単なるバカンスではない。高度育成高等学校が所有する無人島を舞台に、本年度最初の特別試験が実施される。今回の特別試験のテーマは『自由』。これから1週間、無人島でクラスごとに集団サバイバル生活を行うことになる。クラスポイント獲得のチャンスと聞き、現在最下位のDクラスの面々は色めき立つのだが……。』

要点

夏休みに入ってすぐ、無人島で行う特別試験が始まった。テーマは『自由』。集団でのサバイバル生活をどう過ごすか、生徒たちに裁量が委ねられている。

特別試験基本ルール

ルール1
無人島で1週間過ごす。
終了日時は8月7日正午。

ルール2
各クラスに試験専用として300ポイントを支給。そのポイントで生活に必要な物資を購入可能。

ルール3
試験終了時に残っているポイントは、クラスポイントに加算。

ルール4
担任は試験終了まで担当クラスと行動を共にする。毎日午前8時、午後8時に点呼を行い、不在の場合1人につき-5ポイント。

ルール5
試験中は、GPSを備え、着用者の体調を監視する腕時計の着用が義務。

ルール6
試験でリタイア者1人につき-30ポイント。

ルール7
他クラスへの暴力行為、略奪行為、器物破損などを行った場合、生徒の所属するクラスは即失格とし、対象者のプライベートポイントを全没収。

Check

専用ポイントの使い道

専用ポイントで、特別試験を有利に進める物や無人島で暮らすために必要な物資を購入可能だ。水や食料はもちろん、無線機やデジタルカメラ、水上バイクなど幅広い。ポイントをどの物資に使うのかもクラスの自由だ。

クラスポイントを増やす手段

試験終了時に専用ポイントがクラスポイントに加算されるため、ポイントを増やす方法が用意されている。うまく活用すれば、多くのクラスポイントが手に入る！

特別試験追加ルール

追加 ルール 1

島の各所には「スポット」が設けられている。スポット占有にはキーカードが必要。

追加 ルール 2

スポットを1度占有するごとに1ポイントのボーナス。8時間ごとに占有権がリセットされる。

追加 ルール 3

他クラスが占有しているスポットを許可無く使用した場合50ポイントのペナルティを受ける。

追加 ルール 4

キーカードを使用できるのはクラスで選んだリーダーのみ。キーカードにはリーダーの名前が記載されている。

追加 ルール 5

正当な理由無くリーダーを変更できない。

スポットを効率よく占有

スポットを占有する毎《ごと》に、試験終了時のポイントが1ポイント増える。7日ある試験中に効率よくスポットを占有することで、大量のポイントが得られる。仮に、試験直後からスポット3箇所を8時間毎に占有した場合、試験終了時には50ポイント以上得られる。だが、占有する回数が多いほど、他クラスにリーダーがバレる危険性が高まってしまう。

無人島の下見

上陸前に、生徒を乗せた船がわざわざ島を1周した。その際、生徒をデッキに集め、「非常に意義ある景色をご覧頂けるでしょう」とアナウンス。試験前に、無人島の地形を見極めさせるため、学校が用意した時間だった。

リーダー当て

試験最終日の点呼時に、他クラスのリーダーを言い当てる権利が与えられる。リーダーを当てられたクラスは、試験終了時の専用ポイントから50ポイントを支払う。だが、外した場合は手持ちの専用ポイントを50ポイント失う。確実にリーダーを当てるには、リーダーがスポットを占有する瞬間か、キーカードに記載されている名前を確認する必要がある。リーダーを当てる自信がない場合は、指名する権利を放棄するのも作戦だ。

Dクラスの内部分裂

学校から支給された簡易トイレやテントのみで過ごし、試験中のポイント消費を抑え、大量のクラスポイントを得たい池たち。一方、慣れないサバイバル生活を快適にするために、トイレなど生活環境を整えたい篠原たち。集団生活である以上協力しあうことが大事だが、どちらも意見を譲らず、クラスの雰囲気が悪化。前途多難なスタートを切ることになる。

August

最初の特別試験は無人島でのサバイバル

出遅れるDクラスと各クラスの情勢

孤島に上陸して試験が開始すると、他クラスは手際よく準備を進めていくのに対し、Dクラスは仮設トイレの設置などポイントの使用方法で男女間の意見が対立。共同生活が苦手な堀北《ほりきた》はこの特別試験に難色を示していた。チームワークのなさを露呈し、他クラスから後れを取ってしまった。

自由奔放な高円寺《こうえんじ》六助《ろくすけ》が先を行く中、綾《あや》小路《のこうじ》は佐倉《さくら》と島内を探索している時に洞窟を発見する。物陰から様子を窺《うかが》うと中から出てきたのはAクラスの葛城《かつらぎ》康平《こうへい》と戸塚《とつか》弥《や》彦《ひこ》であり、葛城の手にはキーカードが確認できた。スポットの占有権を得るためにキーカードを通した直後のようで、葛城と戸塚のどちらかがリーダーのようだ。

Dクラスはスポットに指定された川を池が発見し、その水源を利用できる場所をべ

mini topic

動き出す茶柱

無人島での特別試験の少し前、終業式の日に綾小路は茶柱から指導室に呼び出され、身の上話をされた上で、「ある男」が綾小路清隆を退学させるよう要求してきたと聞かされる。実力を発揮してAクラスを目指すか、この場で退学するか。この脅迫があったために、綾小路は無人島試験で積極的に関与していく。

ースキャンプに定めた。また、この試験におけるDクラスのリーダーは堀北に決定する。しかし、飲料水の問題で、池と篠原が対立してしまう。

　その後、綾小路は佐倉、山内《やまうち》と焚木《たきぎ》拾いに出かけると、帰り道でCクラスの伊吹澪《いぶきみお》と遭遇。頬を赤く腫らした伊吹は、クラスで揉《も》めたと言う。佐倉の前でいい顔をしたい山内が、そのまま伊吹をDクラスのベースキャンプへと招き入れるのだった。

　Dクラスのベースキャンプでは、池が焚火の仕方を教え、櫛田《くしだ》たちの獲《と》ってきた果実を判別するなど、豊富な知識を駆使して大活躍。篠原と仲直りをして、ポイント使用の方針も固まり、クラスの雰囲気も良くなってきた。だが、高円寺が自分勝手にリタイアしたことが判明。男子も女子も、高円寺の行動に怒りをあらわにする。

　試験2日目、綾小路は堀北と各クラスの偵察に向かう。浜辺をベースキャンプとしたCクラスは、龍園《りゅうえん》の指揮の下、すべてのポイントを使い切って無人島でのバカンスをエンジョイしてから全員リタイアする『0ポイント作戦』を敢行していた。

　Bクラスのキャンプでは、ウォーターシャワーなどポイントで購入したものについて、一之瀬《いちのせ》が親切にも解説してくれた。堀北と一之瀬の協力関係は、依然として良好な模様。BクラスのベースキャンプにもCクラスから追放された生徒の金田悟《かねださとる》がいることが確認され、綾小路は金田と伊吹はCクラスのスパイだと考えるようになる。

　そしてAクラスは、前日に綾小路が偵察した洞窟をベースキャンプ地に選定。Aクラスの生徒たちの警戒心が強く、中の様子を窺うことはできなかった。

綾小路の暗躍とDクラスの圧勝

Dクラスは平田《ひらた》がまとめ役になることで、どうにか集団生活が安定していたものの、5日目に事件が勃発する。軽井沢恵《かるいざわけい》の下着が紛失し、男子に下着泥棒の嫌疑がかけられたのである。男子生徒全員に身体検査と荷物検査が課せられるも犯人は特定できず、男子と女子が完全に分断してしまうのだった。この時、綾小路は伊吹の反応を見て、Dクラスに混乱を起こすために彼女が仕掛けた罠《わな》だと確信を得る。

翌6日目、綾小路は堀北、櫛田、佐倉、山内、伊吹と食料探しに向かう。折を見て綾小路は堀北にキーカードを見せてもらい、わざと注意を引くよう声を上げ、伊吹の目に留まるようにした。さらに、佐倉のメールアドレスを餌に山内に頼み、堀北の頭に泥を被《かぶ》せる。冷たい川の水で泥を洗い落とすことで、かねてより良くなかった堀北の体調は、さらに悪化するのだった。

堀北が水浴びの最中にキーカードが盗まれ、そのうえ仮設トイレの裏手で放火騒ぎが発生。下着紛失と放火により、Dクラス内の男子と女子との亀裂は深まり、Dクラスのチームワークは悪化の一途を辿《たど》る。満《まん》身創痍《しんそうい》の堀北は、キーカードを盗まれた責任感から火事騒ぎの中で姿を消した伊吹を追跡する。追及された伊吹は盗んだことを自白。伊吹と堀北は一騎打ちに及ぶも、堀北は敗れ、意識を失う……。その後、伊吹

はあらかじめ隠していた懐中電灯と無線機を掘り起こし、潜伏していた龍園を呼び出す。すると、龍園と共に葛城も姿を現す。実は龍園の策略でＡクラスとＣクラスは水面下で手を組んでいたのである。かくしてＤクラスのリーダーが堀北であることが、２クラスに露見してしまうのだった。

龍園たちが去ったあと、綾小路は堀北を抱え、客船のデッキへと移送する。堀北をリタイアさせた綾小路は、Ｄクラスのリーダーを堀北から自分へと変更する申請を行う。その結果、葛城と龍園によるＤクラスのリーダー当ては外れることになる。

さらに綾小路は、堀北がＡクラスとＣクラスのリーダーを見抜いたことにして平田に報告。Ｄクラスはリーダー的中でポイントを得るばかりか、リーダーを当てられたＡクラスとＣクラスはスポット専有で得たボーナスポイントさえも失うのであった。

実力を見せた綾小路が暗躍したおかげで、Ｄクラスは特別試験で圧勝を飾る。堀北は体調の悪さを利用されたことを不服に思いつつも、綾小路自身のことを詮索しないことを条件に、今後の特別試験での協力を取り付けるのであった。

解答

無人島では各クラスが様々な戦略を練り、自由に過ごした。Dクラスでは集団生活により男女間に亀裂が生じたが、どうにか最終日を迎える。そして、綾小路の暗躍のおかげで、DクラスはAクラスとCクラスのリーダーを当て大量のポイントを得て、最良の結果で特別試験を終えたのだった。

リーダーとして体を張る龍園

リーダーである龍園は、リーダー当てに照準を合わせた作戦を決行していた。Cクラスは、初日から専用ポイントを贅沢《ぜいたく》に使い、2日目でほとんどの生徒がリタイア。夏休みらしいバカンスを満喫しているかのように他クラスにアピール。龍園は、生徒がリタイアしたタイミングで、島に潜伏。自らもリタイアしたと思いこませた。

さらに龍園は、Aクラスの葛城と契約を結ぶ。Cクラスは、購入した物資を融通し、他クラスのリーダーを教える。その見返りとしてAクラスから、卒業までの間毎月1人につき2万プライベートポイントを支払う、という約束を取り付ける。また龍園は、Dクラスの方針に反発し龍園から追い出された、という設定で、Bクラスに金田を、Dクラスに伊吹を潜り込ませ、リーダーを探らせた。龍園は2人を殴り、殴った痕をつけることにより、伊吹たちの証言が本当であるかのように他クラスに錯覚させた。

Check

龍園が持っていた無線機

他生徒たちが物資を自由にしていたのに、

無線機だけは龍園が自ら管理。2日目にリタイアするなら、無線機を管理する必要はない。無線機は他クラスに潜り込ませた金田、伊吹と連絡を取るためのものだった。無線機を自ら管理する龍園の周到さが、綾小路に龍園がリーダーだと疑わせるきっかけの一つとなってしまった。

Aクラス葛城の狙い

坂柳《さかやなぎ》が試験を欠席したことで、Aクラスは占有ポイントが270ポイントからのスタートとなる。またAクラスは、葛城一派と坂柳一派で内部分裂状態だった。葛城たちは、坂柳がいないこの特別試験で結果を残そうとしていた。Cクラスと取り引きしたのも、試験の勝利のためだった。葛城は龍園に、BクラスとDクラスの誰がリーダーなのか確実な証拠を求める。伊吹がデジカメを持っていたのも、確実な証拠を葛城に見せるためだった。

試験が始まると葛城は戸塚を連れて、船から見た小屋と塔の2箇所のスポットが近くにある洞窟に向かう。そこでリーダーの戸塚が、目先の欲につられて洞窟のスポットを占有してしまう。洞窟の外に他クラスの生徒がいる可能性を考え、葛城は自らがリーダーである演技をするが、慎重な葛城ならうかつにキーカードを見せない。その演技により、葛城がリーダーである可能性が高まってしまった。

徹底的に守るBクラス

Bクラスは適度にポイントを使い、井戸の近くに設定したベースキャンプ地の環境を整えた。試験を終えることだけに焦点を当てているのか、他クラスのリーダーを探る様子を見せず、自らのリーダーがバレないように守りに徹していた。

バラバラのDクラス

川辺をベースキャンプ地と設定したDクラスだが、方針を巡りクラス内が分裂。平田は、300ポイントという数字を意識しすぎているだけで、この試験ではある程度のポイントを使用する必要があると説明。生活に必要な物資を購入し、最低120ポイントを残す方針で進めることになった。

伊吹を利用する綾小路

Cクラスから追い出された伊吹を見つけた綾小路は、彼女の指先が土で汚れていること、彼女の近くの地面が掘り返された跡があることに気づく。それがきっかけとなり、無線機を発見。さらに、伊吹の荷物が木に当たった際に硬質な音がしたことから、人目を避けてその正体を確かめ、デジカメを見つける。綾小路は伊吹がCクラスのスパイだと推理し、逆に伊吹を利用しCクラスを罠《わな》にはめることにする。事前にデジカメを自然に壊れたように見せかけ破壊し、伊吹の前でわざとキーカードを落として、堀北がリーダーだと見せる。堀北がキーカードを手放す時間を作り、伊吹に盗ませた。デジカメを壊したのは、キーカードを盗ませて、伊吹が黒幕（龍園）と直接会う場を作るため。結果、綾小路は黒幕（龍園）とその取引相手（葛城）の存在を推測することができた。また、伊吹からキーカードを見せることで、Dクラスのリーダーが堀北だと、AクラスとCクラスに一切の疑いを持たせないようにすることも考えていたのかもしれない。そうした後、体調不良を理由に堀北をリタイアさせ、リーダーを自分に変更した。

リーダー当ての結果

綾小路はDクラスに内密にリーダーを変えたことを、堀北の指示と平田たちクラスメイトに説明。さらに、堀北の指示として、平田にAクラスとCクラスのリーダーを解答させて、大量のポイントを得た。

綾小路に踊らされたCクラスは、専用ポイントを使い切ったあげくリーダー当てでもポイントを得られず、リーダーを見抜かれ、0ポイントで試験を終えた。

無人島試験
順位発表
1位
Classroom of Horikita
1-D（堀北クラス）
225 ポイント
2位
Classroom of Ichinose
1-B（一之瀬クラス）
140 ポイント
3位
Classroom of Sakayanagi
1-A（坂柳クラス）
120 ポイント
4位
Classroom of Ryuen
1-C（龍園クラス）
0 ポイント

8月 夏季グループ別特別試験

4巻

無人島での特別試験を終え、しばしの休息を挟み、豪華客船内で後半戦の「夏季グループ別特別試験」に突入する。本試験の目的はシンキング能力を問うもの。1年生全員を干支になぞらえた12のグループに分け、全クラス混合のグループで試験を行う。これまではクラスごとの競争であったのに対し、本試験ではグループ毎《ごと》に合否が判定されることに戸惑う生徒たち。卯《う》（兎《うさぎ》）グループに配属された綾小路《あやのこうじ》は、試験に参加しながら、同じグループの軽井《かるい》沢《ざわ》の動向に注視するのであった。

要点

無人島試験が終わり、船上で新たな特別試験が行われた。A～Dクラス混合で12グループに分かれ、グループ内の『優待者』を当てる。現状を分析し、課題を明確にし、試験解決に向けたプロセスを明らかにするシンキング能力が試される。

干支になぞらえたグループ

学校が割り振った12のグループに分かれ、期間中にグループ内の優待者を当てるか、隠し通すかで結果が変わる試験。優待者は試験開始当日に学校からのメールで知らされる。なお、12のグループは干支になぞらえ、丑《うし》、卯、辰《たつ》などの名前がつけられている。優待者との関係はあるのか……？　クラス毎でなく、A～Dクラス混合で構成される意味とは？　それらを分析することこそが、試験の糸口になるだろう。

船上試験基本ルール

ルール1　日程は3日間。1日に2度、グループディスカッションを行う。

ルール2　解答は1人1回。なお、『優待者』本人は解答権がない。

ルール3　解答方法は、自分の携帯電話から所定のアドレスに送信すること。

ルール4　自身が配属された干支グループ以外への解答は全て無効とする。

解答時間が限られる結果1と2

試験は結果1〜4のいずれかに決まる。結果1と2は、試験終了日の午後9時30分〜午後10時の間に解答する必要があるが、結果3と4はこれに限らない。

船上試験の結果パターン

結果 1

グループ内で優待者と優待者が所属するクラスメイトを除く全員の解答が正解していた場合、グループ全員にプライベートポイントを支給する。

◆メンバー
　プラス50万プライベートポイント

◆優待者
　プラス100万プライベートポイント

結果 2

優待者と優待者が所属するクラスメイトを除く全員の答えで、1人でも未解答や

結果 2

不正解があった場合、優待者のみにプライベートポイントを支給する。

◆メンバー
　0プライベートポイント

◆優待者
　プラス50万プライベートポイント

結果 3

優待者を当てると、答えた生徒とその所属クラスにポイントが入り、優待者が所属するクラスはペナルティを受ける。

◆解答者
　プラス50万プライベートポイント

◆解答者の所属クラス
　プラス50クラスポイント

◆優待者の所属クラス
　マイナス50クラスポイント

結果 4

解答が不正解の場合、解答を間違えた生徒の所属クラスはペナルティを受ける。優待者とその所属クラスにはポイントが入る。

結果4

◆解答者の所属クラス
マイナス50クラスポイント
◆優待者
プラス50万プライベートポイント
◆優待者の所属クラス
プラス50クラスポイント

※結果3～4は、優待者と同じクラスメイトが解答した場合は、答えを無効として試験を続行する。

結果3～4とグループ分け

試験中いつでも解答を受け付ける結果3と4を警戒し、優待者は正体を隠す。そのため、全員がメリットを得る結果1を目指すのが困難になっている。なお、12のグループは、学校が厳正に『調整』し振り分けている。さらに初顔合わせには、必ず自己紹介をする指定があった。優待者はある法則で選ばれている可能性がある。

グループ分け

卯(兎)グループ

Aクラス・竹本茂《たけもとしげる》、町田浩二《まちだこうじ》、森重卓郎《もりしげたくろう》
Bクラス・一之瀬帆波《いちのせほなみ》、浜口哲也《はまぐちてつや》、別府良太《べっぷりょうた》
Cクラス・伊吹澪《いぶきみお》、真鍋志保《まなべしほ》、藪菜々美《やぶななみ》、山下沙希《やましたさき》
Dクラス・綾小路清隆《あやのこうじきよたか》、軽井沢恵《かるいざわけい》、外村秀雄《そとむらひでお》、幸村輝彦《ゆきむらてるひこ》

辰(竜)グループ

Aクラス・葛城康平《かつらぎこうへい》、西川亮子《にしかわりょうこ》、的場信二《まとばしんじ》、矢野小春《やのこはる》
Bクラス・安藤紗代《あんどうさよ》、神崎隆二《かんざきりゅうじ》、津辺仁美《つべひとみ》
Cクラス・小田拓海《おだたくみ》、鈴木英俊《すずきひでとし》、園田正志《そのだまさし》、龍園翔《りゅうえんかける》
Dクラス・櫛田桔梗《くしだききょう》、平田洋介《ひらたようすけ》、堀北鈴音《ほりきたすずね》

丑(牛)グループ

Aクラス・沢田恭美《さわだやすみ》、清水直樹《しみずなおき》、西春香《にしはるか》、吉田健太《よしだけんた》
Bクラス・小橋夢《こばしゆめ》、二宮唯《にのみやゆい》、渡辺紀仁《わたなべのりひと》
Cクラス・時任裕也《ときとうひろや》、野村雄二《のむらゆうじ》、矢島麻里子《やじままりこ》
Dクラス・池寛治《いけかんじ》、佐倉愛里《さくらあいり》、須藤健《すどうけん》、松下千秋《まつしたちあき》

Story 仲間を欺く船上試験

難航するディスカッションとらしくない軽井沢

特別試験のルール説明後、綾小路が堀北《ほりきた》と客船のデッキで戦略を練っていると、龍《りゅう》園《えん》と伊吹《いぶき》が挑発にやってくる。龍園はDクラスには堀北の裏に「切り札」がいることを見抜いている様子だが、この時点での綾小路に対する評価は「金魚の糞《ふん》」と低い。

兎グループの最初のグループディスカッションでは、「初顔合わせの際には室内で必ず自己紹介を行うように」との指示に従って全14人が自己紹介を終えた後、Aクラスの町田浩二《まちだこうじ》が「話し合いを持たない」ことを提案する。この沈黙作戦は葛城《かつらぎ》の指示によるもので、全グループが沈黙し続けて試験を拒否すれば、全員が平等にポイントを得られるという。足並みが揃《そろ》えば誰も損をしない結果になるはずだが、Aクラス以外からすれば、上位クラスとの差を縮める機会を1回失うことになり、容易に承服できない。一之瀬《いちのせ》が主導権を握って対話を進めようとするが、話し合いは難航する。兎グループのディスカッションでCクラスの女子と揉《も》めた軽井沢の様子が『らしく』ないと感じた綾小路は、真鍋志保《まなべしほ》に『軽井沢が別のクラスの女子と揉めてるのを見た』と嘘《うそ》の情報を流す。その夜、綾小路、平田《ひらた》、幸村輝彦《ゆきむらてるひこ》が情報を共有していると、同室の高円寺《こうえんじ》が勝手に学校に解答を報告し、猿グループの試験を終了させるのだった。

翌日、綾小路と堀北が直接会って話し合っている中、龍園が再び接触してくる。龍園は優待者選びの法則を調べるために、Cクラス全員の携帯を提出させ、自クラスから選ばれた優待者をすべて確認したと言い、堀北に揺さぶりをかけた。

mini topic

ポイントでできること

試験２日目の夜中、綾小路は客船内のプールに茶柱を呼び出す。この時綾小路は、ポイントで買えないものはないという学校のルールについて再確認し、「近いうち頼みごとをする」と告げる。その頼みごととは、携帯のＳＩＭロックの解除であり、優待者誤認のためのすり替えトリックへと活かすのであった。

ともあれ、兎グループでは相変わらずAクラスが話し合いに参加しない状態が続く。ディスカッション後、真鍋たちが軽井沢の後を追いかけていくので、綾小路は幸村と共に尾行をする。真鍋、藪菜々美《やぶななみ》、山下沙希《やましたさき》の3人は、人目につかない非常階段で軽井沢を詰問し、肩を突いたり髪の毛を摑《つか》んだりしはじめた。綾小路は静観していたが、幸村がこの諍《いさか》いを制止。だが、軽井沢と真鍋たち3人のわだかまりは解消されない……。

夜中、部屋を抜け出す平田を綾小路は追いかけて声をかける。自販機前で軽井沢と合流し、平田と軽井沢の付き合いが偽りの関係であることを知る。さらに平田の口からは、軽井沢は過去に凄絶な虐《いじ》めをうけていたことや、中学時代に平田の幼馴染《おさななじみ》の杉《すぎ》村《むら》が虐めを苦に自殺未遂を起こしたこと、

Dクラスの3人目の優待者が軽井沢であることを聞かされるのであった。

軽井沢の陥落と
綾小路の仕掛けた策

綾小路は平田を通して船内最下層の配電盤室に軽井沢を呼び出し、さらに彼から真鍋のIDを聞いてチャットを送り、こちらも配電盤室へと誘導。真鍋、藪、山下の3人は、軽井沢との因縁の発端となった諸藤《もろふじ》リカをともなって現れた。4人はこれまでの鬱憤を晴らすかのように軽井沢に暴行を加えるが、綾小路は「一度徹底的に壊してもらったほうが、再構築の手間が省けるだろう」と考え、すべての行為を黙認する。

真鍋たちが立ち去った後も、軽井沢は恐怖のせいで立ち上がれない。綾小路はそんな軽井沢に近づき、彼女が抱えている本当の闇を見抜く。軽井沢の左脇腹には、以前に虐めを受けた時の傷痕が残っていた。綾小路は軽井沢に「不安要素を取り除いてやる」と宣言し、真鍋たちが非常階段で軽井沢を虐めている様子を撮影した画像を彼女たちに送る。学校側に知られると退学の危険性があるため、その画像がこちらの手元にあれば抑止力となり、今後真鍋たちが軽井沢を虐めようとしたり、悪い噂《うわさ》を流したりすることはないという。こうして、裏で活動する際の協力者が欲しい綾小路と、新しい寄生先が欲しい軽井沢の協力関係が成立するのだった。

試験最終日、綾小路は優待者密告の裏切り者を誘い出すために、携帯を入れ替えるトリックを仕掛けた。しかし一之瀬が見破って「優待者は綾小路」との結論が出た。Aクラスの町田は葛城の作戦もあって学校に解答を告げないと約束したが、坂柳《さかやなぎ》派の森重卓郎《もりしげたくろう》が裏切って学校に報告。しかし実

Kiyotaka & Suzune

際はSIMロックの解除を用いて携帯を二重に入れ替えており、「偽りの答えの後に出てきた答えを、人は真実だと錯覚してしまう」人間心理を突いた綾小路の二重トリックだった。さらに一之瀬はそこまで看破したうえで、策に乗ったふりをして会話を進め、他クラスが裏切るよう誘導。かくして兎グループは、Aクラスにダメージを与えるという、BクラスとDクラスにとって最高の形の結果4で試験を終えた。

だが、今回の特別試験そのものは、十二支の順番とグループ内の五十音順から優待者が決められる法則を見破った龍園がAクラスを狙い撃ち、Cクラスが圧勝を収める。そして、Dクラスに宣戦布告した龍園に対し、綾小路は『面白い』という未知なる感情が芽生え始めているのだった。

解答

優待者選定のルールは、干支の順番が関係している。龍園は、クラス全員の携帯を見て、優待者になった者から推理し、その法則に気づいた様子。そして、Aクラスを狙い撃ちし、大量のポイントを入手した。

卯グループが目指す結果

Aクラスは、学校側が試験開始前に公平性を主張していたため、全クラス均等に優待者がいると予想。優待者を探さずにプライベートポイントが得られる結果2を目指すべきと主張。話し合いは持たず、優待者が得たプライベートポイントをクラスで分け合えば、全クラス均等にメリットがある。一方でBクラスは結果1のみを目指す。

卯グループが迎えた結果

試験最終日、Bクラスの提案で学校からの携帯を見せ合い、優待者を特定させることに。結果、幸村は自分が優待者だと告白。一之瀬は、事前に、SIMカードをそのまま交換すると携帯が使えなくなることを確認。電話を鳴らせば持ち主が明らかになることを知っていた。一之瀬が綾小路に電話をすると、幸村が取り出した携帯が着信する。綾小路が優待者だとバレてしまう。

だが、本物の優待者は軽井沢。ロックを解除してからSIMカードを交換することで、それぞれの携帯を自分のものとして使用できるようになるのだ。綾小路は二重のトリックを仕掛けて、卯グループ全員を騙したのだった。

綾小路の作戦

軽井沢の携帯にロックを解除したSIMカードを挿入。これにより、軽井沢の携帯が綾小路のものに。一之瀬が綾小路の番号にかけると、交換した携帯に着信される。幸村と交換したことがバレることも想定し計画を立てていた。

12グループの結果

子（鼠）——裏切り者の正解。　結果3
丑（牛）——裏切り者の回答ミス。　結果4
寅（虎）——優待者が隠し通した。　結果2
卯（兎）——裏切り者の回答ミス。　結果4
辰（竜）——グループ全員の正解。　結果1
巳（蛇）——優待者が隠し通した。　結果2
午（馬）——裏切り者の正解。　結果3
未（羊）——優待者が隠し通した。　結果2
申（猿）——裏切り者の正解。　結果3
酉（鳥）——裏切り者の正解。　結果3
戌（犬）——優待者が隠し通した。　結果2
亥（猪）——裏切り者の正解。　結果3

ポイント変動

Aクラス	マイナス200クラスポイント プラス200万プライベートポイント
Bクラス	クラスポイント変動なし プラス250万プライベートポイント
Cクラス	プラス150クラスポイント プラス550万プライベートポイント
Dクラス	プラス50クラスポイント プラス300万プライベートポイント

優待者と干支の関係

学校側の厳正な調整の結果、A～Dクラスの生徒たちが割り振られた12のグループ。優待者は、グループに冠せられた干支の順番と、グループメンバーを五十音順に並び替えることで求められる。

優待者選定のルール

卯（兎）グループ

卯は干支で「子、丑、寅、卯……」の4番目。

卯グループのメンバーの、
Aクラス・竹本茂《たけもとしげる》、町田浩二《まちだこうじ》、森重卓郎《もりしげたくろう》
Bクラス・一之瀬帆波《いちのせほなみ》、浜口哲也《はまぐちてつや》、別府良太《べっぷりょうた》
Cクラス・伊吹澪《いぶきみお》、真鍋志保《まなべしほ》、藪菜々美《やぶななみ》、山下沙希《やましたさき》
Dクラス・綾小路清隆《あやのこうじきよたか》、軽井沢恵《かるいざわけい》、外村秀雄《そとむらひでお》、幸村輝彦《ゆきむらてるひこ》
を五十音順に並べ、卯に位置する4番目の生徒が優待者。

綾小路清隆、一之瀬帆波、伊吹澪、軽井沢恵……。

【軽井沢が優待者】

辰（竜）グループ

Aクラス・葛城康平《かつらぎこうへい》、西川亮子《にしかわりょうこ》、的場信二《まとばしんじ》、矢野小春《やのこはる》
Bクラス・安藤紗代《あんどうさよ》、神崎隆二《かんざきりゅうじ》、津辺仁美《つべひとみ》
Cクラス・小田拓海《おだたくみ》、鈴木英俊《すずきひでとし》、園田正志《そのだまさし》、龍園翔《りゅうえんかける》
Dクラス・櫛田桔梗《くしだききょう》、平田洋介《ひらたようすけ》、堀北鈴音《ほりきたすずね》

辰は5番目だから、五十音順の5番目の生徒が優待者。

【櫛田が優待者】

丑（牛）グループ

Aクラス・沢田恭美《さわだやすみ》、清水直樹《しみずなおき》、西春香《にしはるか》、
吉田健太《よしだけんた》
Bクラス・小橋夢《こばしゆめ》、二宮唯《にのみやゆい》、渡辺紀仁《わたなべのりひと》
Cクラス・時任裕也《ときとうひろや》、野村雄二《のむらゆうじ》、矢島麻里子《やじままりこ》
Dクラス・池寛治《いけかんじ》、佐倉愛里《さくらあいり》、須藤健《すどうけん》、松下千秋《まつしたちあき》

牛は2番目だから、五十音順の2番目の生徒が優待者。

【小橋が優待者】

Check　高円寺の気まぐれ？

部屋で綾小路と平田、幸村が、Dクラスの櫛田と南が優待者であることから、その法則性を考えていた。その折、突然、同室の高円寺が解答する。彼は、あと2日も試験が続くのは面倒という理由で解答したのだ。結果、偶然か法則性に気づいたのかわからないが、見事優待者を当てていた。

龍園の狙い

龍園は、B~Dクラスに対し、優待者情報を共有しAクラスを狙い撃ちにすることを提案。だが、試験では解答者が誰か発表されないため、龍園は信頼されず提案は却下された。しかし、龍園は自クラスの優待者から、優待者選定のルールを暴き、Aクラスのクラスポイントに大打撃を与えた。

なお、丑グループは結果4で終えている。これは龍園が優待者決めの法則性を調べるためにテストとして解答させた可能性がある。結果は最後にならなければわからないものの、動揺する生徒たちの反応などから推測したのかもしれない。

綾小路の豪華客船と無人島探訪

▼豪華客船

施設も設備も充実

船は地上5階・地下4階の全9階層と屋上に分けられ、船尾にヘリが1機置かれている。1階は宴会用のフロアがあり、屋上にはプール、カフェ・ブルーオーシャンなどがある。その他船内には、ラーメンやハンバーガーなどのジャンクフードを提供する店から一流の有名レストラン、シアター、高級スパまで完備。個人で旅行しようと思ったら、オフシーズンでも数十万円は必要。生徒たちは、それらの施設が無料で利用できる。3階~5階に当たる部分に客室がある。3階が男子で、4階が女子だ。男女間の移動制限は設けられていないが、0時以降は禁止。なお、1階にはラウンジがあるが、生徒が近づくことは極力控えるように通達されている。

▼無人島

国から借り受けている島

サバイバル試験の舞台となった島は、面積約0.5㎢、最高標高230m。無人島だが、特別試験のために高度育成高等学校が管理。舗装されていないものの大木を切り倒して整備し、踏みならした道や、使用可能な井戸がある。さらには、クロマメノキやアケビなど、食料になる果物や植物が生えている。その他、島のとある区画には、トウモロコシが植えられている。その部分だけ森の土とは少し色が異なり、また、トウモロコシの形状も一般的に見る綺麗なもので、人の手で徹底管理されているものとわかる。

ただし、トウモロコシがある区画は360度茂みに囲まれて見つけにくくなっている。島を注意深く探索することで食料を得られる場所を、学校側は作っていた。

これらを活用することで、専用ポイントで買うことなく、食料を得られるようになっている。

▶Story Guidance vol.4.5

高度育成高等学校の夏休み

4.5巻

特別試験後の休みのハプニング

無人島試験と船上試験を終えた1年生たちは、ようやく夏休みを迎えた。この夏休み限定で、よく当たると評判の占い師がケヤキモールに来ているとの噂《うわさ》を聞きつけた綾小路《あやのこうじ》は、興味本位で占いへ赴くが、あいにくと二人一組で受け付けているとのこと。いったんは諦めるものの、同じく1人で占いに来た伊吹《いぶき》と偶然にも出会う。日を改めても再び伊吹と遭遇したので、綾小路は伊吹と2人で占いを受けることに。

その帰り道、占い師の言葉を守らずに、混雑を避けて回り道をしたところ、エレベーターが故障し、綾小路と伊吹は閉じ込められてしまう。綾小路はバッテリーが残り僅《わず》かの携帯で葛城《かつらぎ》に連絡を取るが、通話が切れてしまう。クーラーも停止し、暑さで2人とも憔悴《しょうすい》しきったが、葛城の適切な対処のおかげで、綾小路と伊吹は救出された。

そもそも綾小路と葛城が交友関係を深めたのは、その1週間前にさかのぼる。綾小路は池《いけ》と山内《やまうち》、須藤《すどう》たちとポイントを出し合い、クラスメイトの井《い》の頭心《かしらこころ》の誕生日プレゼントを買うことになり、ケヤキモールへと向かうと、制服姿の葛城を発見。葛城が女性向けの誕生日プレゼントを購入していることを訝《いぶか》しく思った池たちは、葛城の動向を探るように綾小路に指図する。

葛城と接触を図った綾小路は、夏休みにも拘《かか》わらず生徒会に行く葛城に同行した。高度育成高等学校の校則では、在学中は外部との接触や連絡が一切許されていない。だが、葛城は双子の妹に誕生日プレゼントを届ける方法はないかと生徒会に掛け合う。しかし、生徒会長の堀北学《ほりきたまなぶ》は、校則を理由に葛城の要求を却下するのだった。

ただ、堀北学の断り方には、校則の裏をかいた方法を内密で行う手段が示唆されていた。そのことを察知した綾小路は、葛城を自室に招き、バスケ部の大会に出場するために敷地外に出る須藤の協力を得ることを提案する。葛城のプレゼントを弁当箱の中に隠し、外部に持ち出した須藤が大会中に隙を見て郵便ポストに投函《とうかん》する、という作戦だ。祖父母、両親が早くに他界し、親戚に預けられた病弱な妹の誕生日を祝ってあげられるのは自分しかいないのだ、と語る葛城に、初めは難色を示していた須藤も協力を約束。見張りの教師やチームメンバーにバレることなく、見事作戦を遂行した。

そして葛城から報酬として、綾小路を経

mini topic

生徒会副会長の南雲

この夏休みに、生徒会の動向が少しずつ明らかになる。堀北学の口からは、次期生徒会長の有力候補は現在副会長の２年Ａクラスの南雲であると伝えられ、綾小路は盗撮阻止のためにプールに行った際にその南雲を見かける。また、それまで生徒会に１年生はいなかったが、一之瀬が生徒会入りしたことも公然となる。

由して須藤に10万プライベートポイントが支払われたのである。

女子更衣室盗撮計画を阻止せよ!

ある日の夕方、水道局のトラブルで寮全体の水が出なくなってしまった。堀北は洗い物をしている最中に水筒から腕が抜けなくなってしまい、渋々ながら綾小路の手を借りることになる。

また別の日、綾小路は山内から佐倉《さくら》へのラブレターを託され、山内が佐倉に告白する場面にも立ち会う。なお、山内の告白は失敗に終わってしまう……。

そして、夏休みの残り3日間は、学校の特別水泳施設(プール)が一般生徒に開放されるため、綾小路は池たちに誘われて、半ば強制的にプールに行くことになる。須藤から堀北を誘って欲しいという強い要望があり、綾小路は水筒の件を恩に着せて堀北を誘う。結局、綾小路、池、須藤、山内、

堀北、櫛田《くしだ》、佐倉のメンバーで遊ぶ約束をし、さらに当日は一之瀬《いちのせ》をはじめとするBクラスのメンバーも合流する。昼食を賭けて水中バレーで対決するなど、クラスの垣根を越えて残り少ない夏休みを満喫した。

しかし、その裏では、池、山内、須藤の3バカによって女子更衣室の盗撮計画が進行していた。プールの見取り図を入手した池は、カメラを搭載したラジコンカーを男子更衣室から通風孔を経由して女子更衣室へと向かわせ、本体搭載のミニカードに映像を保存するという。この計画には外村《そとむら》の協力もあるようだ。

事前に計画を知らされた綾小路は、リスクが高いので成否に拘わらず実行するのはこれ1回きり、と3バカに固く約束させる。その一方で、裏では軽井沢《かるいざわ》に計画阻止の協力を求めていた。

当日、軽井沢は友人の園田《そのだ》と石倉《いしくら》にバリケードとなってもらい、床下換気口の鉄格子を外し、通風孔からラジコンカーを取り出すと、ミニカードを抜き取って、空のカードに差し替えた。抜き取ったミニカードは綾小路が処分した。綾小路は盗撮計画を『やらせて失敗させる』のではなく『止める』方法で台無しにして、Dクラスに何らかのペナルティが降りかかる危険性を排除したのである。

綾小路が軽井沢に協力を求めたのには理由がある。左脇腹の傷痕を気にして人前では泳ぎたがらない軽井沢にプール遊びの楽しさを味わわせるとともに、他の男子と違って盗撮に荷担せず阻止することで、軽井沢からの信頼を得るのだった。

1学期～夏休みの注目点

▶Focus on the first term-Summer Vacation

ここに注目！ Check Point

変化の兆しを見せる綾小路に注目

入学当初の綾小路《あやのこうじ》は、目立たないように高校生活を送ろうとしていた。時には「力を持っていながら、それを使わないのは愚か者のすることだ」と、かつて受けた教えを思い出すことがありつつ、一般的な高校生として振る舞おうと努力していた。その結果、船上試験の最中には、堀北《ほりきた》をして「1学期の間にあなたが築いた凡人としての功績は、ちょっとやそっとじゃ揺らがない」と言わしめるほどであった。しかし、夏休み前に茶柱《ちゃばしら》に脅迫され、実力を発揮せざるを得なくなる。いち早くその変化に気づいたのは平田《ひらた》だった。

Check Point

船上試験中、綾小路から軽井沢《かるいざわ》との関係性を指摘された平田は「入学してから君を見ていたけど、その時の綾小路くんと今の綾小路くんは別人だよ」との心情を吐露。なお、軽井沢から綾小路の二面性を問われた際には、綾小路は「オレという個体、人間は正直言って『生まれたばかり』」との感想を抱く。人との接し方や口調もまだわかっていないようで、この1学期から夏休みは、綾小路が対人関係において表出する性格の方向性を徐々に探っていた期間ともいえるだろう。

ここに注目！ **Check Point**

早くから綾小路を警戒する星之宮の嗅覚

船上試験ではクラスの有力者を辰《たつ》（竜）グループに集める方針が組まれていた。だが星之宮《ほしのみや》は、自分が担当するクラスの実力者である一之瀬《いちのみや》を卯《う》（兎《うさぎ》）グループに送り込む。これは、茶柱に目をかけられた綾小路の動向を警戒すればこその差配であった。

夏休み終了時のクラスポイント

1-A（坂柳クラス）	1-B（一之瀬クラス）	1-C（龍園クラス）	1-D（堀北クラス）
924 ポイント	803 ポイント	642 ポイント	362 ポイント

The first term-Summer Vacation

▶Story Guidance vol.05

9月〜10月 頭脳以外も求められる体育祭

5巻

夏休みが明けて、2学期へと突入した。9月から10月初めまでの1か月間は、体育祭に向けて体育の授業が増えるという。茶柱《ちゃばしら》にこの体育祭は特別試験なのかと尋ねるも、肯定とも否定とも取れない曖昧な答えが返ってくるばかり。赤と白の2組に分かれて勝敗を競うが、全学年が関わる種目は最後の1200メートルリレーのみで、基本的には学年別の種目で争うことになる。堀北《ほりきた》はこれまで以上に勝利への執念を見せるが、そんな堀北を綾小路《あやのこうじ》は冷静な目で見つめていた。

要点

全学年を赤組と白組に分けて行われる体育祭。特別試験ではないようだが、それでも結果によってクラスポイントの変動がある。船上試験では1学年だけだったが、体育祭では学年の垣根を越えて協力することが求められる。

全員参加と推薦参加

体育祭の競技は全員参加と推薦参加の2種類に分けられる。全員参加の競技では、クラス全員が参加。推薦参加は、クラス内で抜擢された生徒が参加し、競技で競うことになる。なお、自薦・他薦を問わず、1人が複数の推薦参加の競技に参加可能。体力に自信のある生徒が活躍できる。

種目

全員参加種目

①100メートル走
②ハードル競走
③棒倒し（男子限定）
④玉入れ（女子限定）
⑤男女別綱引き
⑥障害物競走
⑦二人三脚
⑧騎馬戦
⑨200メートル走

1位15点　2位12点
3位10点　4位8点

※5位以下は1点ずつ下がっていく。
※団体戦は勝利した組に500点。

推薦参加種目

⑩借り物競走
⑪四方綱引き
⑫男女混合二人三脚
⑬3学年合同1200メートルリレー

1位50点　2位30点
3位15点　4位10点

※5位以下は2点ずつ下がっていく。
※最終競技の3学年合同1200メートルリレーは、点数が3倍になる。

報酬

赤組対白組の結果

負けた組は、全学年等しく
マイナス100クラスポイント

学年別順位

各学年で1位から4位を決定。順位に応じて報酬がある。

1位　**プラス50クラスポイント**
2位　**0クラスポイント**
3位　**マイナス50クラスポイント**
4位　**マイナス100クラスポイント**

個人報酬

1位　**5000プライベートポイント**
もしくは筆記試験でプラス3点
2位　**3000プライベートポイント**
もしくは筆記試験でプラス2点
3位　**1000プライベートポイント**
もしくは筆記試験でプラス1点
最下位　**マイナス1000プライベートポイント**

※所持するポイントが1000未満の場合は、筆記試験でマイナス1点を受ける。

MVPと違反

学年別に、全競技でもっとも獲得点数が多かった生徒には、最優秀生徒報酬（MVP）として、プラス1万プライベートポイントが与えられる。

ただし、各競技で違反した生徒は失格扱いになり、その競技のポイントは得られない。さらに悪質な違反の場合には、退場処分となり、生徒がそれまで獲得した点数の剥奪も検討される。

重いペナルティ

学年別の総合成績の低い下位10名には、次の筆記試験でマイナス10点の罰則がある。つまり運動に自信のない生徒が個人競技で最下位を取り続け、総合成績下位10位に入るのを避ける必要がある。なお、ペナルティの適用方法は筆記試験時に説明される。

鍵は参加表

競技の何組目に誰が参加するかを参加表に記入し、担任に提出することで参加者が決まる。参加表の提出は、体育祭の1週間前から前日の午後5時まで。期限をすぎた場合は、出場生徒と競技がランダムに振り分けられる。他クラスの情報を得ることができれば、戦略の幅は広がる。

当日、全員参加の競技では必要最低限の人数を下回る欠員が出た場合は失格。また、例えば騎馬戦では、欠員が出て騎馬を作れない場合は、その分の騎馬が少ない状態で参加することになる。なお、推薦競技では、10万プライベートポイントを支払うと代役を立てることが可能だ。

Dクラスの方針

運動能力重視で参加競技を決め、学年別順位で勝つことを優先する方針を固める。ただし、個人報酬の筆記試験のプラス得点が不要な生徒は、報酬のプライベートポイントで、最下位生徒が失ったプライベートポイントを相殺。プライベートポイントの増減をクラス全員が分担し、クラス一丸となり体育祭に挑む。

頭脳以外も求められる体育祭

堀北の可能性を見極めようとする綾小路

赤組に配属されたDクラスは、Aクラスと共闘することになる。まとまりに欠けるDクラスと、葛城《かつらぎ》派と坂柳《さかやなぎ》派に分裂したAクラス。それに対し白組は、一之瀬《いちのせ》を中心に結束が固いBクラスと、龍園《りゅうえん》の独裁体制のCクラス。赤組は連携面で不安を残す。

ホームルームで全員参加の種目に出る順番と推薦競技の出場者を決める際には、堀北は能力重視の方針を提案するが、綾小路からメールで指示を受けた軽井沢《かるいざわ》がこれに反発。多数決で方針を定め、どうにかすべての競技の出場者が決まると、クラスのまとめ役である平田《ひらた》は、自分の番とパートナーだけをメモするにとどめ、撮影して記録に残すことは控えるよう提言する。それは他クラスに参加表が漏洩《ろうえい》するのを防ぐために必要な措置であった。

そして、体育祭におけるDクラスのリーダーは、学年でもトップクラスの身体能力を持つ須藤《すどう》が務めることに決定する。運動神経のいい堀北は多数の競技に出場を予定するも、二人三脚では相手に合わせることができず、パートナー解消を繰り返す。

いよいよ体育祭が始まると、高円寺《こうえんじ》は不参加を決め込んだものの、須藤や堀北、平田は順調に1位を獲得してDクラスは上々の滑り出しを見せた。

しかし、競技が進むと何人かの生徒はC

クラスの動向に違和感を覚えるようになる。Cクラスは、運動の得意な須藤や小野寺《おのでら》かや乃《の》には明確に弱い相手をぶつけ、運動が苦手な外村《そとむら》や幸村《ゆきむら》、池《いけ》たちにはギリギリ勝てる生徒を当ててきているのだ。Dクラスの参加表が漏れているのは明白で、さらに

mini topic

Cクラスの計画を知っていた

体育祭に向けての準備が始まった直後、綾小路は放課後に１人教室に残り、送信されてきた録音ファイルを携帯に繋いだイヤホンで聞いていた。この時すでにCクラスの裏切者から、Cクラス内の作戦会議の内容が筒抜けになっていたことになる。綾小路は体育祭当日の１か月近く前から布石を打っていたのだ。

Cクラスは堀北には陸上部の矢島麻里子《やじままりこ》や木下美野里《きのしたみのり》をぶつけ、露骨に堀北潰しを仕掛けてきている。そして迎えた障害物競走では、木下と堀北が競走中に衝突し、共倒れになる。結果、堀北は7位となり、木下は競技続行不能になってしまう……。

　そして、棒倒しや騎馬戦では競技にかこつけて暴力を受けたり、反則行為に苦しんだりとフラストレーションを溜《た》め込んだ須藤は、ついに限界を迎える。Cクラスに詰め寄ろうとしたところを平田に制止され、平田を殴って寮へと逃げ帰ってしまう。

　綾小路は、いまの堀北に必要なのは「敗北と再生」であり、この体育祭では「何もしないこと」が大切であると考えていた。そこで綾小路は「いつまで役立たずでいるつもりだ」と堀北を諭し、彼女がどのよう

に動くのかを見守るのだった。

Dクラスが得たものと坂柳の宣戦布告

昼休憩に入ると、堀北は櫛田《くしだ》に声をかけられ、保健室へと呼び出される。保健室では木下がベッドに横たわっており、障害物競走で堀北が意図的にぶつかってきて負傷させられたのだと主張。そこに龍園も加わり、教師や生徒会への訴えを取り下げたいなら１００万プライベートポイントの支払いと土下座を要求してくる。龍園は放課後まで返事を待つと言うので、堀北は無策のまま呑気《のんき》に体育祭を迎えた自分の不甲斐《ふがい》なさを悔いつつ、須藤の説得に向かう。

一方、不在の須藤、堀北に代わり綾小路と櫛田は二人三脚に出場。その際に櫛田を追及すると、Cクラスに参加表を漏らしたのは自分であり、裏切る理由は「堀北鈴音《すずね》を退学させたいから」と白状する。

須藤を待つあいだに頭を整理した堀北は、初めて自分の弱さと向き合う。兄に追いつくために自分さえ優秀であればいいと思っていたが、それは間違いであり、仲間を持つことが大事である、と。また、須藤の過去を知り、自身の境遇と重ねることで、あらためて須藤を説得する。バスケ以外で初めて存在意義を認められたと感じた須藤は、ようやく体育祭に戻る。素直に謝罪して頭を下げる２人を、クラスメイトたちは迎え入れるのだった。

全学年混合の１２００メートルリレーでは、アンカーの綾小路が堀北学《まなぶ》と互角のデッドヒートを演じた。前の走者が転ぶアクシデントもあり、綾小路は堀北学に敗北するが、身体能力の高さを広く知らしめることになる。最終的に赤組は勝利したものの、学年別の成績でDクラスは最下位。1年は全クラスがポイントを失う結果となった。だが、敗北と引き換えに、堀北や須藤は大事な気づきを得たようだった。

放課後、堀北は龍園のもとへ赴く。堀北の詰問に櫛田は裏の顔を現し、「私はあなたを退学にする」と宣言する。この場において、堀北は自分の置かれた不利な状況を覆す手はなかった。龍園に土下座をしようとしたまさにその瞬間、龍園の携帯に着信があり、音声ファイルが送られてきた。その音声は、龍園がCクラスで堀北を嵌《は》める謀議をしている最中の録音だった。それは、堀北の背後にいる何者かは、Cクラスに内通者を抱えていることを意味していた。堀北への恐喝が不可能となり、龍園は引き際を悟る。

その頃、綾小路はAクラスの神室《かむろ》真澄《ますみ》に案内され、特別棟で坂柳と対面していた。坂柳は「ホワイトルーム」の存在を知っていることをほのめかし、綾小路に宣戦布告をするのであった。

解答

赤組（A&Dクラス）の勝利で終わった体育祭。だが、1年Dクラスをはじめ、1学年全クラスがクラスポイントを失う結果となった……。

結果と報酬

赤組対白組の結果

勝利　赤組（Aクラス&Dクラス）
敗北　白組（Bクラス&Cクラス）　**マイナス100クラスポイント**

学年別順位

1位　1年Bクラス　**プラス50クラスポイント**
2位　1年Cクラス　**0クラスポイント**
3位　1年Aクラス　**マイナス50クラスポイント**
4位　1年Dクラス　**マイナス100クラスポイント**

龍園に狙われたDクラス

Dクラスの参加表は、櫛田によってCクラスに渡っていた。黒板に書いた参加表の一覧を『手書きで自分の番をメモするだけ』とDクラスは取り決めていたが、櫛田は携帯で撮影しており、それを龍園に渡していたのだ。

実は船上試験で櫛田は龍園と交渉。自ら

が優待者だと教える見返りに、龍園に堀北を潰してもらうように頼んでいた。

Ｃクラスの策略と堀北の怪我《けが》により、須藤が暴走し推薦参加の競技を辞退。平田がプライベートポイントを支払い、須藤と堀北の代役を立てるが、競技の結果は振るわなかった。運動能力の高い2人が抜けた穴は大きく、Ｄクラスは学年別で最下位になってしまった。

Check

堀北を追い詰める龍園

競技中に堀北と接触した木下。その際に負った怪我に対しての謝罪を堀北に求める龍園。だが、木下の怪我は、競技中に堀北と接触してできたものではない。50万プライベートポイントを見返りに、診察される前に龍園が怪我を負わせたのだ。

綾小路の暗躍

内通者の真鍋《まなべ》から龍園の作戦を手に入れていた綾小路。しかし、龍園の作戦を事前に潰すことはしなかった。なぜなら、今回の体育祭で、堀北を成長させるために必要な敗北を与えるつもりだったからだ。敗北に真摯に向き合い立ち上がった堀北は、本当の意味で、須藤という仲間ができた。

綾小路は、事前に軽井沢にはクラスから裏切り者が出て、参加表が外部に漏れることを伝えていた。そうすることで、綾小路が軽井沢からさらなる信頼を得ることに繋《つな》がった。また、体育祭終了後に綾小路は、真鍋から入手したＣクラスの作戦の様子を録音したデータを龍園に送りつけることにより、堀北から手を引かせた。

▶Story Guidance vol.06

10月〜12月 特別試験『ペーパーシャッフル』

6巻

体育祭終了後の10月中旬、堀北学《ほりきたまなぶ》が勇退し、南雲雅《なぐもみやび》を生徒会長とする新生徒会が発足。学校にも変化が訪れようとしていた。1年生の各クラス間のポイント差は体育祭後にさらに縮まり、これから年末にかけて2学期の期末テスト兼特別試験『ペーパーシャッフル』が始まる。この時期、綾小路《あやのこうじ》は池《いけ》や山内《やまうち》に距離を置かれる一方で、体育祭の活躍を見た同クラスの佐藤麻耶《さとうまや》から連絡先の交換を求められるなど、入学から半年かけて形成されてきた人間関係も変化しつつあるようだった。

要点

2人1組のペアで試験を受けるペーパーシャッフル。例年、1～2組が退学になるため、ペア相手は重要で、ペア分けの法則に気付くことが試験攻略の鍵だ。

『攻撃』と『防衛』

今回の試験ではテスト問題を各クラスで作成し、希望するクラスに受けさせる。そのことを『攻撃』と呼び、指名されたクラスは『防衛』することとなる。

両クラスはクラスの総合得点で競い、勝ったクラスは、負けたクラスから50クラスポイントを得る。お互いのクラスが指名し合った時は、勝ったクラスが、負けたクラスから100クラスポイントを得る。

ペーパーシャッフル試験ルール

ルール1
試験は2日間に分けて行われる。

ルール2
試験科目は8科目各100点満点。各科目50問の合計400問。

ルール3
ペアの合計点数が、最低ボーダーを下回ると退学。

ルール4
最低ボーダーは、各教科60点未満。ペアの合計点のため、仮に0点をとっても、ペア相手が60点以上なら退学は免れる。

ルール5
各教科以外に、全教科の総合点での最低ボーダーもある。例年、700点前後が最低ボーダーとなっている。

ルール6
カンニングした者は即失格とし、ペア共々退学処分になる。

テストの難易度

作成する問題は、教師たちがチェックする。学校の指導領域を逸脱した問題や、出題内容から解答できないものは、修正しなければならない。問題が完成しなかった場合は、学校が作った問題となる。なお、その場合、問題の難易度は低い。

ペア分けの法則

小テストの得点の1位と最下位がペアになり、次は上位2位と下位2位というように、ペア分けされる。茶柱《ちゃばしら》の説明から「小テストの結果が成績には一切影響しない」「総合点のボーダーラインがまだ確定していない」「ペアの決定理由を小テストの後に話す」の3点に注目し、堀北が推理した。

Dクラスのペア決め

堀北の推理のもと、成績上位10名と下位10名をペアにすることで成績に不安を抱えている生徒をカバーする。なお、小テストは非常に簡単なレベルで、学力が低い者でも高得点を取れる。例年退学者が出ているのは、小テストの罠《わな》にハマったためだ。

ペア分けの結果

- ◆綾小路清隆《あやのこうじきよたか》&佐藤麻耶《さとうまや》ペア
- ◆堀北鈴音《ほりきたすずね》&須藤健《すどうけん》ペア
- ◆平田洋介《ひらたようすけ》&山内春樹《やまうちはるき》ペア
- ◆櫛田桔梗《くしだききょう》&池寛治《いけかんじ》ペア
- ◆幸村輝彦《ゆきむらてるひこ》&井の頭心《いのかしらこころ》ペア
- ◆高円寺六助《こうえんじろくすけ》&沖谷京介《おきやきょうすけ》ペア
- ◆三宅明人《みやけあきと》&長谷部波瑠加《はせべはるか》ペア

東京都高度育成高等学校 活動報告

龍園の方針

協力者の櫛田がいるDクラスを指名し勝つことで、堀北を裏から操る黒幕Xをあぶり出そうとする。また、クラスの内通者が真鍋であると見抜き、軽井沢を虐めていた現場の写真を出しに脅されていることを知った龍園。その現場を見ていた綾小路と幸村が黒幕X本人である可能性があるが、手駒の可能性もあると疑い断定は避けた。

Aクラスを目指し退学をかける

堀北と櫛田は、ペーパーシャッフルの数学の点数で勝負することに。櫛田が勝てば、堀北と綾小路が自主退学。堀北が勝てば、櫛田は堀北への妨害行為をやめる。堀北は今後のために勝負を挑んだ。

ペーパーシャッフルは直接対決

Dクラスは学力の差が少ないCクラスを指名。AクラスとBクラスはお互いに指名。結果、直接対決となる。

1-A（坂柳クラス）

1-B（一之瀬クラス）

1-C（龍園クラス）

1-D（堀北クラス）

指名結果

Story 特別試験『ペーパーシャッフル』

クラス対抗の期末テストと堀北対櫛田の一騎打ち

2学期の中間テストを終えたばかりのDクラスで、茶柱が翌週に小テストが行われることを告げる。この小テストは成績には影響しないが、1か月後の期末テスト兼特別試験『ペーパーシャッフル』に大きく影響を及ぼすとのこと。また、過去のペーパーシャッフルでは1組か2組の退学者が出ているという。堀北はこれらの内容から、小テストの結果によってペーパーシャッフルのペアが決まると見抜く。

体育祭で1人で戦うことの限界を痛感した堀北は、ホームルームでの作戦会議の前に、クラス全員に謝罪をした。その上で、小テストの点数の最大点と最小点の差が広い生徒から順にペアを組む法則について話す。かくしてDクラスは、初めて一体感を持って小テストに臨む。翌日にはテストが返却され、ペーパーシャッフルでのペアも決定。綾小路の相手は佐藤になる。そしてペーパーシャッフルの対戦クラスは、D対C、B対Aに決定するのだった。

クラス内でいくつかの勉強会が発足する中、孤立組の長谷部波瑠加と三宅明人は幸村と試験勉強をすることになり、綾小路は堀北からその管理を任された。だが、今回の特別試験では、個々の学力向上だけでなく、対戦クラスへの問題と解答の作成がクラスの生命線となる。さらに、学校側に提出後の情報漏洩《ろうえい》対策も重要で、それも堀北は「私なりに対策を考えている」と言う。

　ある日の勉強会の帰り、堀北は櫛田と2人きりになる。体育祭のような妨害行為をやめて欲しい堀北は、自分が負けたら自主退学することを条件とし、櫛田の得意な教科での点数勝負を持ちかける。そしてこの勝負の証人として、兄であり前生徒会長の

堀北学を呼ぶ覚悟を見せた。

　この時堀北は、携帯を通じて綾小路に櫛田とのやり取りを聞かせていたが、櫛田はそれを見抜いており、綾小路を呼び寄せる。結局、堀北が負けた場合は綾小路も自主退学する条件になり、その代わり綾小路と堀北は、櫛田の中学時代の話を聞き出す。誰よりも優しく親身になることで承認欲求を満たしてきた櫛田は、クラスメイトの相談に乗ることで得られた『真実』を武器に、クラスを崩壊に招いた。そして、高度育成高等学校に入学後も、すでに数人は破滅させるだけの『真実』を握っているという。

堀北の策と綾小路の仕掛け

　勉強会の帰り道、綾小路、幸村、三宅、

長谷部は、勉強会だけの付き合いを越えて新しい友人グループを結成することを話し合い、そこに佐倉《さくら》も加わり、綾小路グループが成立する。

　試験を翌週に控えた木曜、Dクラスのメンバーはカラオケルームに集合し、最後の打ち合わせをしていた。その途中、軽井沢が櫛田に一方的にキレて、グラスに入っていたグレープジュースを櫛田にぶちまけ、彼女のブレザーを汚してしまう。櫛田は綾小路の指紋が付着したもう1着のブレザーは保管しているため「前に1着ダメにしちゃって、これしか残ってない」と取り繕うと、謝罪した軽井沢がクリーニング代を出すと申し出るのだった。

　Cクラスへの問題文提出期限の日、問題文を持ってきた堀北に茶柱は「既に受理は滞りなく済んでいる」と返答する。先に問題文を提出していたのは櫛田。櫛田は自分が提出した問題文と解答を龍園に提供するかわりに、Cクラス作成の数学の問題文と解答を手に入れるよう龍園と謀っていた。一緒に問題文を提出しにきていた龍園は勝

mini topic

黒幕Xに近づく龍園

龍園はCクラスの会議で真鍋、藪、山下が裏切者であることを見抜く。真鍋らは携帯の履歴を消していたので証拠はないが、彼女たちの白状した内容から、軽井沢は黒幕Xと繋がりがあると確信を得る。軽井沢も履歴を残していないと推測し、黒幕Xを追い詰めるために軽井沢を次のターゲットに定めるのだった。

利を確信し、高笑いして職員室を立ち去る。

綾小路も万事休すと思ったが、すべては堀北の想定の範囲内だった。実は堀北は、期末テストの詳細が発表されてすぐ、問題文提出の決定権は自分にあり、他の誰がきても受理するふりをして欲しい、と茶柱に要請していたのである。

その直後、綾小路は匿名で龍園にメールを送り、「Cクラスが確定させた問題文と解答の提供」か「櫛田に提供する問題文と解答の大幅な変更」の取引を持ちかける。その見返りとして櫛田の策略が堀北に見抜かれたことを伝え、櫛田と龍園の協定が破綻していることを示唆した。

期末テスト当日、数学の問題が事前に龍園から教えられたものと異なっていたことに櫛田は動揺を隠せない。結果、堀北は櫛田との賭けに勝利し、今後は妨害行為をしないことを約束させる。そして、勉強会の成果が出て、ペーパーシャッフルでDクラスはCクラスに勝利を収めた。

試験終了後、なぜ自分を裏切ったのかと、櫛田は屋上で龍園を問い詰める。龍園は櫛田との間にギブアンドテイクが成立していないことを伝え、さらに櫛田のブレザーにカンニング用紙が仕込まれていることを指摘。堀北と櫛田は真剣勝負をせざるをえなくなったが、櫛田がカンニングで退学になることを回避したと説明する。

Dクラスを裏で操る黒幕X（＝綾小路）の正体を突き止めようとする龍園は、黒幕Xに軽井沢の写真を添付して返信する。龍園から宣戦布告を受け取った綾小路は、不本意ながら楽しいと感じていた。

解答

櫛田の裏切り行為を予知して、堀北は先手を打つ。その作戦は見事成功し、櫛田に勝利。Dクラスも、全員がボーダー以上の点数を取り、退学者を出さなかった。

クラスを裏切る櫛田の行動

試験前。櫛田は、自ら持ち込んだDクラスの問題を茶柱に提出。さらに茶柱には、他の誰かが問題を持ってきても受理しないように頼んでいた。そして、櫛田はこの問題文のすり替えの見返りとしてCクラス作成の数学の問題文と解答を手に入れた。

堀北の策

堀北は、ペーパーシャッフルの詳細が発表されてすぐに、茶柱と交渉。『堀北が問題文提出の決定権を持っていること』、『他の誰が来ても受理するフリをして欲しいこと』を取り交わす。櫛田の問題は正式に受理されることはなく、結果、龍園との取り引きを阻止することに繋《つな》がる。数学の点数勝負では、堀北が勝利を収めた。だが、勝負で賭けたのは『堀北の妨害をしないこと』だけ。堀北に協力するわけではないし、綾小路への妨害は対象外である。

黒幕Xと龍園の取り引き

櫛田と取り引き後、龍園のもとに黒幕Xからメールがあった。内容は、櫛田の策が堀北に見抜かれているということ。メールを見た龍園は、櫛田との協定を無効とし、彼女に知らせずに問題を変更した。

櫛田に仕掛けた罠

綾小路は、櫛田の制服にカンニングペーパーを仕込んでいた。龍園が問題を変えなかった場合、櫛田を退学させられた。

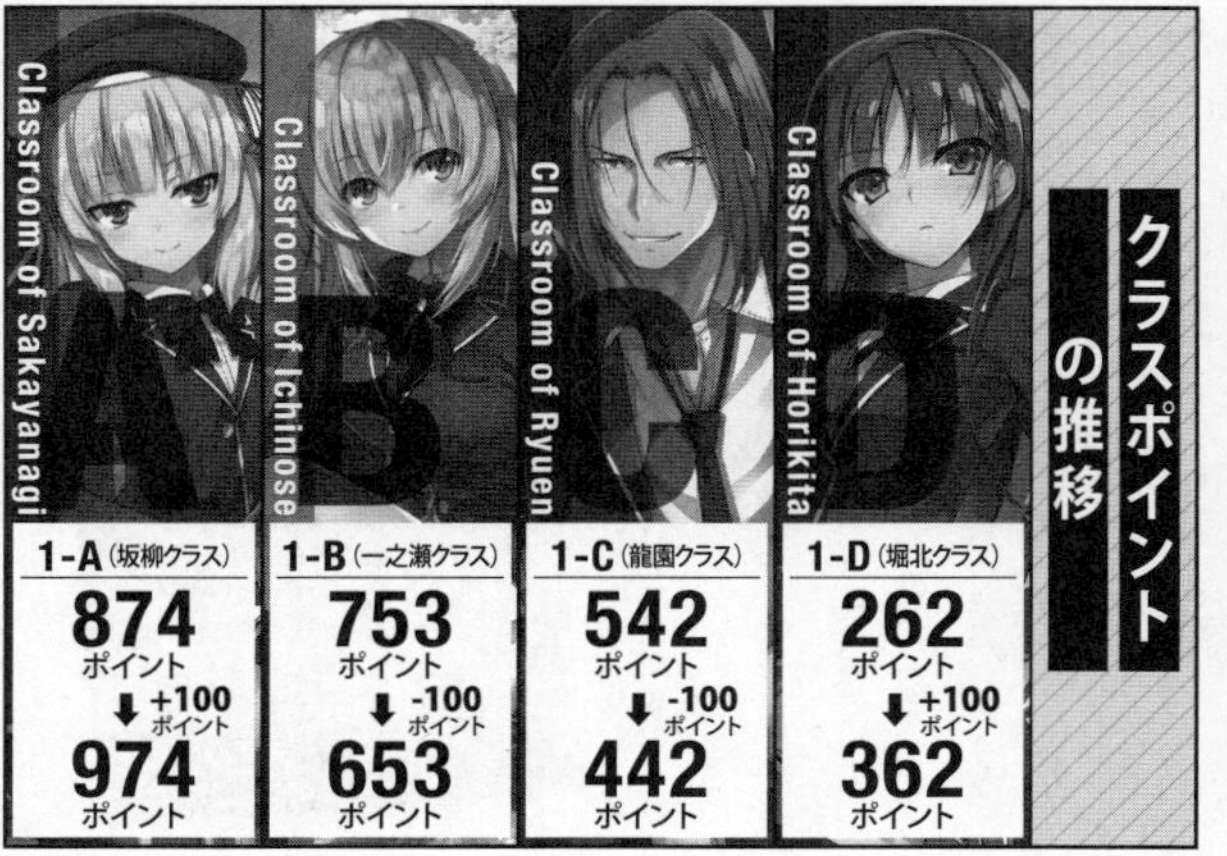

綾小路も出没!?

生徒たちの憩いの場

SPOT.1

ケヤキモール

生徒の休日はここ!

商業施設が軒を連ねている複合施設。スーパーのような日常的に利用される店舗の他に、電気ガス水道のトラブルを解消してくれる専門店、コンビニの食材を寮の部屋まで運んでくれる宅配サービス、クリーニング店など、時折しか利用されない店舗も多い。また、カラオケや映画館などの娯楽施設も豊富。施設内のカラオケは個室のため、龍園たちをはじめ生徒たちの会議の場所にも選ばれている。また、カラオケのフードメニューには、6つのたこ焼きの中に1つだけ激辛たこ焼きが入っている、罰ゲームを前提としたメニューもある。綾小路グループは、激辛たこ焼きを引き当てた人物が食べた直後に歌うという謎ゲームをして盛り上がった。なお、幸村が5連続で当てるという、7776分の1の確率を引き当てた。

学校の敷地内から出ることが禁止されている生徒たち。
普段、彼らが遊び、買い物する場所を紹介。

SPOT.2

カフェ・パレット

女子人気の高いカフェ

学校に併設しているカフェ。学校内でも1、2を争う人気があり、昼休みと放課後は生徒たちで活気に溢れている。人気メニューは、苺のショートケーキとモンブラン。コーヒーは同日に限って、レシート持参で2杯目が半額になる。

SPOT.3

特別水泳施設（プール）

夏休みは大人気

普段は水泳部専用として使われている施設だが、夏休み最終日までの3日間だけ、全生徒に開放される。施設内には3つのプールがあり、スタンダードなタイプ、流れるプールのようなタイプ、娯楽メインのタイプに分かれている。

SPECIAL COLUMN

12月 龍園と黒幕Xの決着

ペーパーシャッフルにおいてDクラスはCクラスとの直接対決に勝利し、クラスポイントが変動する翌月頭になれば両クラスの差は200も縮まる。加えてCクラスには重大な違反行為があったとされ、さらに100ポイント減らされることに。これによりCクラスとDクラスのクラスランクが入れ替わる見込みとなった。そして冬休みが目前に迫った12月半ば、龍園《りゅうえん》はDクラスを裏で操る黒幕Xの正体を暴くために、Dクラスの生徒たちにプレッシャーを与え始めるのだった。

7巻

要点

これまで幾度となく龍園の策略を阻止してきた黒幕X。龍園はあらゆる手段を使い、黒幕Xの正体を突き止めるため動き出す。そして、その魔の手は、軽井沢《かるいざわ》に迫る。

黒幕Xと軽井沢の関係

龍園が黒幕Xの正体に興味を持つ理由。それは黒幕Xと対面した時に、自らにどんな変化が訪れるのか、なにを求めようとするのか、を知るためだ。真鍋《まなべ》たちが黒幕Xに利用されたことから、綾小路《あやのこうじ》や幸村《ゆきむら》などが候補者に挙げられていたが、決め手がない。それでも黒幕Xが真鍋たちにこれ以上軽井沢に危害を加えないように脅したことから、軽井沢と黒幕Xが近しい間柄であると推測するのだった。黒幕Xが残した手がかりを辿《たど》り、その正体に近づいていく。

黒幕Xへの警告

Cクラスの生徒たちを使い、Dクラスの生徒を見張らせることで、龍園が狙っている、ということを黒幕Xに常に意識させた。なお、問題になるリスクを考え、須藤《すどう》や三宅《みやけ》のような不良タイプ、平田《ひらた》のような保守的なタイプを中心に狙った。

有力候補の高円寺との会話

龍園は、船上試験でいち早く正解を導き出すなど、高い能力を持つ高円寺《こうえんじ》と黒幕Xに危機感を持たせるために接触。直接会話をすることで、高円寺の思考は黒幕Xとは異なっていると感じた。

Story 龍園と黒幕Xの決着

父との再会とクラス昇格の放棄

龍園の指示の下、Cクラスの生徒たちがDクラスへの監視や尾行を開始する中、綾小路は図書室で椎名《しいな》ひよりと再会。お互いミステリー小説が好きなことから話が盛り上がり、両クラス間に漂う緊張感をよそに、クラスの垣根を越えて2人は意気投合する。

ある日の放課後、茶柱《ちゃばしら》は綾小路を応接室へと呼び出す。そこには綾小路清隆《きよたか》の父親が待ち構えていた。綾小路父は、清隆が高度育成高等学校に入学するよう手引をした執事・松雄《まつお》を処罰したことを告げ、清隆に退学を迫る。だが、清隆はその求めに応じず、会話は平行線を辿《たど》るばかり。その後現れた坂柳《さかやなぎ》理事長が「学校の責任者としてルールの中で生徒を守る」と、清隆の意思に寄り添う姿勢を示し、綾小路父子《おやこ》の対話は物別れに終わる。

父親が自ら乗り込んできたことや、坂柳理事長との会話から、綾小路は推測を立てる。そもそも坂柳理事長は、綾小路をDクラスに配属して3年間外界から匿《かくま》おうとしていたらしい。綾小路も目立たず過ごすつもりだったが、担任の茶柱がAクラス昇格の野心を秘めていたため、実力を発揮してクラス昇格に協力しないと退学させると脅迫。綾小路は渋々ながら堀北《ほりきた》を裏から操ってクラスに手を貸していた。しかし、茶柱が綾小路父と裏で繋《つな》がっている事実はなく、生徒を退学させるような力も理由もないことがわかった今、綾小路がクラス昇格に荷担する理由はなくなった。そこで「オレの出番は終わり」と、Aクラスを目指すことを放棄する旨を茶柱に告げる。その帰り道、綾小路はお守りを拾いつつ軽井沢に電話し、一方的にこれまでの謝罪と協力関係の解消を言い渡すのだった。

mini topic

龍園の事前調査

龍園は２年Ｄクラスの生徒にポイントをチラつかせて試験内容を聞こうと交渉するなど、常に学校側の許容と違反の境目を狙い続けてきた。屋上に軽井沢を呼ぶ前にも、別の場所で監視カメラを塗りつぶし、それによって学校からどの程度のペナルティが科せられるかを事前調査していたほどの用意周到さを見せる。

休日、綾小路の寮の部屋に珍客が来訪する。前生徒会長の堀北学《まなぶ》である。堀北学は生徒会の内情を話し、高度育成高等学校の伝統を破壊しようとする新生徒会長・南雲《なぐも》の野望を阻止するために綾小路に協力を要請し、妹を生徒会に入れて裏から操る案を出す。綾小路は興味を示さなかったが、堀北学と連絡先を交換するのだった。

そして、龍園の黒幕X探しは佳境に入る。Cクラスの武闘派を引き連れてDクラスに乗り込んできた龍園は、我関せずと教室を出ていく高円寺の後をつける。高円寺とCクラス生徒5人、事態を案じて追ってきたDクラス生徒5人、さらに途中で参入してきた坂柳たちAクラス生徒4人が対峙《たいじ》して緊張感が走るが、この騒動の中で龍園は高円寺が黒幕Xではないと確信を持った。

綾小路と龍園 屋上での決戦

2学期の終業式の日、ついに龍園が動く。来なければ過去を暴露すると脅し、軽井沢を屋上へと呼び出したのだ。屋上の監視カメラをスプレーで塗りつぶし、アルベルトを見張り役にすると、龍園は軽井沢の口から黒幕Xの正体を聞き出すために実力行使に出る。伊吹《いぶき》に命じて軽井沢を羽交い締めにし、バケツの水を繰り返し浴びせ続け、彼女のトラウマを喚起するのだった。

さらに龍園は、船上試験で黒幕Xが意図的に真鍋《まなべ》たちに虐《いじ》めさせてから証拠を押さえた経緯を話し、軽井沢は最初から利用されていたと告げる。だが心身ともに追い詰められても、軽井沢は口を割らない。

軽井沢から龍園による呼び出しを知らされていた綾小路だが、放課後に綾小路グループとケヤキモールで時間を潰した後、茶柱と教室で会う。さらに堀北学とも合流し、屋上での出来事を目撃する人間を用意したうえで屋上へと乗り込む。

綾小路は自分が黒幕Xであると告げるが、龍園は綾小路の飄々《ひょうひょう》とした態度が気に入らない。これまでの妨害の借りを返すために暴力に訴え出るが、綾小路は石崎《いしざき》、アルベルト、伊吹を次々と制圧。感情を覗《のぞ》かせない綾小路を前に、生まれて初めて恐怖を感じた龍園は敗北を喫するのだった。

綾小路は軽井沢を階下へと送り出し、堀北学と茶柱に保護させ、自分は屋上に残り

龍園と話を続ける。龍園は、自分が存在し続ける限りCクラスは手負いのままになると判断。綾小路はここで起きたことを公言するつもりはないため、Cクラスの内輪揉《うちわも》めで処理すれば済むと提案するが、龍園は石崎、アルベルト、伊吹を巻き込まないように1人ですべての責任を負って退学を決意し、自分の携帯とプライベートポイントを伊吹に託す。

冬休み初日、龍園が学校へと向かう途中、8億ポイントを貯《た》めてCクラス全員を昇格させる龍園の計画を知った伊吹に携帯を突き返される。龍園は退学届けを出すつもりだったが、Cクラス担任の坂上《さかがみ》が問題視しているのは屋上の監視カメラの汚損についてのみだった。しかも、Dクラスの生徒も1人関わっていたとして、Dクラス側から既に修理費が支払われており、過失の割合が均等でよかったのかを確認したいだけだという。また、石崎とアルベルトが押しかけ、龍園が退学するなら自分たちも退学すると言って聞かない。綾小路の入れ知恵だと感じながらも、二人を人質に取られたような格好になったため、龍園は仕方なく退学を翻意することになる。

解答

綾小路が正体を明かし、龍園と直接対決することになったのは、綾小路にとって予定通りの出来事だった。綾小路は、企《たくら》みを阻止するのではなく、龍園が信望する暴力を使い屈服させることで決着をつけた。

普通の学生として過ごすために

綾小路にとって避けるべきことは、堀北を操っていた黒幕Xが自分であると周囲にバレて、注目されることだ。内通者がいるとわかるように録音データを送りつけたのも、黒幕Xと軽井沢が繋《つな》がっていることを暗に示すため。そうして龍園に計画を立てさせ実行させることで、綾小路が正体を晒《さら》すことができる場所を用意させた。

呼び出された軽井沢

龍園は軽井沢を学校の屋上に呼び出す。屋上は年中開放されており、監視カメラは、隠れる死角の少ない屋上には扉の上に設置された1台のみ。監視カメラに黒のスプレー缶を噴射し無力化することで、龍園は監視のない場所を用意したのだ。なお、龍園は学校側がどのように監視カメラを運用しているか調べていた。監視カメラで常に監視しているのは主要な場所のみ。不人気の屋上の監視カメラに細工しても学校側にはすぐに気づかれないと知っていた。

綾小路の狙い

綾小路は、龍園との対決を利用する形で、軽井沢の自分への依存を強めるように動いていた。軽井沢の口から黒幕Xの正体を聞き出すために、龍園たちにより彼女が心身ともに追い詰められるのを見越していながら、すぐに助けに行かなかった。そして、弱っているところを綾小路が助けることで、彼女からの絶対的な信頼を得ることができた。もしも軽井沢が、黒幕Xが綾小路だとバラしたとしても、その罪悪感を利用し、これからも彼女を利用するつもりでいた。

保険として証人を用意

綾小路は、茶柱と堀北学を、屋上での出来事の証人にする。2人を、屋上に続く階段の途中、屋上に出入りする生徒を目撃できるが現場が見えない場所に配置。そうすることで、龍園と決着をつける前に学校側が介入するのを防いでいた。そして、今後もし龍園が、黒幕Xを理由に脅してきたら、茶柱と堀北学に証言してもらうつもりだ。

Check
龍園の経験不足

もしも龍園が、坂柳や一之瀬たちと競い、多くの経験を積んでいれば、綾小路ともっと近い位置で戦えていただろう。

龍園の退学を止める綾小路

龍園が退学になれば、坂柳や一之瀬《いちのせ》が黒幕Xを警戒してしまう。また、龍園が坂柳と一之瀬に攻撃を仕掛け戦力を削《そ》いでくれれば、Dクラスは綾小路抜きでも他クラスと戦えるようになる。それらの理由もあり、綾小路は、石崎とアルベルトに入れ知恵をし、監視カメラの汚損の修理費も支払い、龍園の退学を阻止した。

▶Story Guidance vol.7.5

高度育成高等学校の冬休み

7.5巻

冬休み それぞれの思惑

終業式の日に屋上で龍園《りゅうえん》の魔手から救われてから、軽井沢《かるいざわ》は綾小路《あやのこうじ》のことを意識するようになっていた。そんな彼女の下に、クラスメイトの佐藤《さとう》から綾小路とのクリスマスデートについての相談事が持ち込まれる。恋愛初心者という佐藤とデートプランを練っているうちに、軽井沢は今の自分にとって平田《ひらた》の存在は必要なのか自問自答していた。そして佐藤からの提案で、軽井沢と平田を交えたWデートをすることになる。

一方の綾小路は、ケヤキモールで坂柳《さかやなぎ》、神室《かむろ》と遭遇していた。終業式も目前に迫った日曜日、綾小路グループはカラオケに行った帰りに、坂柳と一之瀬《いちのせ》が歩いているところを目撃している。そのことを尋ねると、コールドリーディングを使って一之瀬の弱点を聞き出したという。さらに、一之瀬と神室は同じ問題を抱えている、とも。そして坂柳は、一之瀬を徹底的に叩《たた》き潰すと宣言する。

坂柳、神室と別れたあと、綾小路は映画を観《み》に行くと、偶然にも隣の席は伊吹《いぶき》だった。機器のトラブルで上映中止になると、伊吹は執拗《しつよう》に絡んでくる。仕方なしに人目のない場所を探し、ドラッグストアの倉庫で一対一の勝負をすることに。軽くあしらって敗北を認めさせると、今後絡んでこないように伊吹に約束させた。
　その後、ケヤキモールでは篠原《しのはら》、松下《まつした》、佐藤のDクラス女子3人を見かける。気づかれないように身を隠すと、書店に龍園の姿を見つけるのだった。
　クリスマスイブの早朝、綾小路はケヤキモールから程近いベンチに龍園を呼び出す。屋上の件の補足をしつつ、Dクラスの厄介な存在、すなわち櫛田《くしだ》を退学させると告げる。また、8億ポイント計画の是非について話していると、Cクラスの今後は金田《かねだ》と椎名《しいな》が回すことになるだろうから、Dクラスには一切手出しせずにAクラスを攻撃するように根回しすると龍園から不可侵を提案してきた。その代わり、Dクラスが最終的にAクラスに昇格したら、こちらの要求を飲むように求める。

mini topic

綾小路と神室の関係

龍園が黒幕X探しに力を入れた時、綾小路は神室からも尾行されていると察知した。神室は坂柳の指示でつけていたが、綾小路と交換条件を結んで尾行がバレたことを隠蔽。交流を持ったことで、坂柳と綾小路が戦略について話していても疑問を示さなかったが、坂柳はそんな神室の態度の不自然さを見抜いて怪しんだ。

　綾小路と龍園が密約を交わしていると、同じく綾小路と会う予定の堀北学《ほりきたまなぶ》が姿を現す。堀北学は、以前に手助けした際の約束を果たすよう要求してくる。生徒会には特別試験の一部を考え決定する権利が与えられているので、暴走する南雲《なぐも》から学校を守り、秩序を維持する手伝いをしてほしい、と。そして、南雲に抵抗するために、２年生の情報を提供してくる。

その後、綾小路は堀北鈴音《すずね》とケヤキモールで落ち合うと、櫛田が同席していた。日を改めようとする綾小路だったが、堀北は櫛田との関係改善のため隠し事をしたくないようで、今でなければ聞かないと言い張る。そこで綾小路は、堀北学が妹の生徒会入りを望んでいることをその場で伝えるのだった。堀北は電話をして兄に確認を取るが、生徒会に入ることに踏ん切りがつかない様子だった。

クリスマスデートと南雲降ろしの秘密交渉

クリスマス当日、綾小路が佐藤と待ち合わせをしていると、そこに軽井沢と平田が合流。軽井沢が提案するという態《てい》を装ってＷデートになる。４人が映画館の側《そば》まで来たところで２年生の集団と遭遇し、南雲が声をかけてきた。堀北学が綾小路に一目置いていることから南雲も綾小路の動向に目を光らせており、「俺の欲求を満たす遊び相手になってくれよ」と興味を示してくる。

そして、４人で映画鑑賞やファミレスでの食事を終えると、軽井沢と平田は先に帰ることに。２人きりになると、佐藤は綾小路に付き合って欲しいと告白。しかし、綾小路はこれを断る。佐藤が去った後、茂みから様子を見ていた軽井沢に出てくるよう促す。軽井沢は、綾小路にとっての自分の立場が佐藤に取って代わられるのではないかと危惧していたが、綾小路は佐藤では軽井沢の代わりは務まらないと確信する。

　この後、綾小路は非通知で電話してきた電話の主と会う約束をしていたが、そこに軽井沢も同行することに。約束の場所に現れたのは、２年生の桐山生叶《きりやまいくと》だった。堀北学が斡旋《あっせん》してきた、南雲降ろしの協力者である。表面的には生徒会副会長として南雲に付き従っているように見せて、２年生全体を支配する南雲に反抗心を抱く数少ない生徒だという。堀北学の意志を継ぐため、そして下級生に被害が及ばないためにと言い綾小路に正式に協力を要請。水面下で協力関係を結ぶことに合意するのだった。

　桐山との密談の帰り、軽井沢は綾小路にクリスマスプレゼントを渡す。そして軽井沢は、平田との関係を解消するかどうか悩んでいると打ち明ける。平田と別れても利用価値は変わらないと返答されて安堵し、軽井沢は平田と別れることを決意。綾小路は軽井沢のことを「恵《けい》」と名前で呼ぶようになり、風邪薬を手渡すのだった。

Kiyotaka&Kei

2学期～冬休みの注目点

▼Focus on the second term-Winter Vacation

ここに注目！ **Check Point**

敗北から学び 急成長する堀北に注目

堀北《ほりきた》は傲慢《ごうまん》な態度が災いし、入学間もない頃にクラスのグループチャットで虐《いじ》めの対象にするかどうかの話が出るほど孤立していた。だが、特別試験を経験したことで、2学期の期間中、特筆に値すべき成長を遂げることになる。

2学期開始当初、綾小路《あやのこうじ》は彼女の能力を高く評価しつつも、クラスを率いる存在としては「まだ表でも裏でもない」と考えていた。ところが、ペーパーシャッフルでは率先して勉強会を開き、櫛田《くしだ》の裏切りを予測して対策を打つなど、体育祭での敗北を教訓にクラスを勝利に導く。

堀北が選んだ道は、坂柳《さかやなぎ》や龍園《りゅうえん》のような力で支配する覇道ではなく、クラスメイトと協力し合っていく王道だった。のちに堀北はクラス内投票や選抜種目試験でリーダーとしての資質を開花させていくが、その下地は2学期に育まれていたのである。

また、櫛田を粘り強く説得していく方針も、ペーパーシャッフルを機に固まった。この点においては、のちに綾小路と意見の相違が見られる点にも注目していきたい。

ここに注目！ **Check Point**

佐藤との関係で綾小路が得た気付き

佐藤《さとう》からアプローチを受けた綾小路は、明確な答えが存在しない出来事に、当初は困惑したり、過酷さを感じたりしてしまう。しかし、今まで経験したことのない「0か1以外のモノを求めて、この学校にやって来たんじゃなかっただろうか」と思い直す。

2学期終了時のクラスポイント

1-A（坂柳クラス）	1-B（一之瀬クラス）	1-C（龍園クラス）	1-D（堀北クラス）
974ポイント	653ポイント	342ポイント	362ポイント

1月 特別試験『混合合宿』

年が明けて3学期が始まると、堀北《ほりきた》クラスは龍園《りゅうえん》クラスと入れ替わるかたちでCクラスに昇格した。そして新学期早々に、高度育成高等学校の全生徒は山中に移動する。林間学校で実施される特別試験の名称は『混合合宿』。学年毎《ごと》に男女別に6つの小グループを結成し、各学年1つずつの小グループと合流して大グループを作り、7泊8日の合宿が行われる。1年生たちは、他クラスの生徒や上級生との集団行動に加え、退学者が出るというルールに戸惑いながら、試験に臨む。

8巻

要点

混合合宿の主な目的は、生徒たちの精神面での成長を促すことだ。また、体育祭に続いて、普段の学校生活で関わりの少ない生徒たちと円滑な関係を構築できるか確認し、それを学ぶ場となる。一方、混合合宿とは別に、2年生の南雲《なぐも》と3年生の堀北学《ほりきたまなぶ》は、試験の結果で個人的な対決をすることに。

混合合宿での生活

試験は男女に分かれて行われる。試験中も男女は別の建物で過ごす。1日に1時間だけ、食堂で男女が一緒になって食事をする。そこでのみお互いの状況を話し合うことができる。なお、休み時間や放課後でも許可なく建物の外に出ることはできない。

混合合宿のルール

ルール1 林間学校で男女に分かれ、7泊8日の合宿を行う。

ルール2 男女別で6つのグループを形成。1年の各グループ人数は10～15人。グループ内には最低でも2クラス以上の生徒が必要。

ルール3 このグループを『小グループ』といい、合宿中は小グループで日常生活を共にする。

ルール4 小グループの1人が『責任者』となる。

ルール5 2年の小グループ、3年の小グループと合流した1～3年の小グループが『大グループ』となる。最終的に6つの『大グループ』ができあがる。

ルール6 試験の結果は、大グループのメンバー全員の平均点で評価される。

ルール7

試験は、合宿中に学ぶ『道徳』『精神鍛錬』『規律』『主体性』に関わる種目が試験となる。だが、どのような試験内容になるか当日になるまで明かされない。

基本報酬	
1位	プラス1万プライベートポイント プラス3クラスポイント
2位	プラス5000プライベートポイント プラス1クラスポイント
3位	プラス3000プライベートポイント
4位	マイナス5000プライベートポイント
5位	マイナス1万プライベートポイント マイナス3クラスポイント
6位	マイナス2万プライベートポイント マイナス5クラスポイント

グループ編成で変わる報酬

1人1人に配付される基本報酬は、小グループ内のクラス数と人数に応じて倍率が変わる。小グループが、3クラス構成は2倍、4クラス構成は3倍。さらに、小グループの人数が10人を1倍として、11人で1.1倍となり、最大15人で1.5倍となる。4クラス構成で15人の小グループがより多くの成果を得られる。なお、4〜6位のマイナスポイントには適用されない。

Aクラスの狙い

Aクラスは、葛城が責任者の14人グループを作り、他クラスから1名受け入れることに。これにC（堀北）クラスの山内が加入。2クラス構成では基本報酬の倍率は低い。リードしているAクラスにとって、報酬よりも1位を取ることで、他クラスに多くの報酬を取らせないことを優先した。

ボーダーライン

最下位を取った大グループからは退学者が出る。ただし、退学になるのは、学校側が設定した平均点のボーダーラインを下回った小グループの責任者のみ。その際、連帯責任として、責任者が指名した1人も退学になる。なお、指名できるのは、ボーダーラインを下回る一因と学校側に認められた生徒のみ。退学が出た場合は、1人につきマイナス100クラスポイント。クラスポイントが不足した場合は、クラスポイントが加算されたタイミングで精算。それが終わるまで、0のままだ。退学を取り消す『救済』は、2000万プライベートポイントと300クラスポイントが必要。

グループ分け

南雲が所属する大グループ

綾小路が所属する小グループ

Cクラス・高円寺《こうえんじ》、幸村《ゆきむら》（責任者）、綾小路《あやのこうじ》
Dクラス・石崎《いしざき》、アルベルト
Bクラス・墨田《すみだ》、森山《もりやま》、時任《ときとう》
Aクラス・戸塚《とつか》、橋本《はしもと》

堀北学が所属する大グループ

小グループ1

3年Cクラス・二宮倉《にのみやくら》之助《のすけ》（責任者）

小グループ2

Aクラス・葛城《かつらぎ》（責任者）、的場《まとば》をはじめAクラス14人
Cクラス・山内《やまうち》

Story 特別試験『混合合宿』

静観を決め込む綾小路と派手に動き出した南雲

　合宿場所に向かう道中、バスの中での茶《ちゃ》柱《ばしら》の説明によると、この特別試験で最大336クラスポイントを得ることも可能だという。結果によってはさらなるクラスの順位変動があり得るが、綾小路は今回の特別試験では勝つための戦略を打つつもりはなかった。茶柱の脅迫が嘘《うそ》とわかった以上、最低限の情報は集めつつも、一般生徒として卒業するために傍観者となって、徐々にフェードアウトしていく算段である。

　合宿地となる林間学校校舎に到着してすぐに、体育館でグループ決めの話し合いが行われた。Aクラスが早々に動きを見せると、龍園クラスの金田《かねだ》が他クラスに共闘を持ちかける。龍園をどのグループに所属させるかで難航しつつも、次々と小グループができあがっていく。大グループ分けまで終わると、生徒会長の南雲が堀北学に勝負を持ちかけ、堀北学は「他の生徒を巻き込まないこと」を条件に受けるのだった。

　なお、1年の小グループの責任者を決めるじゃんけんに高円寺《こうえんじ》が加わろうとしないのを見ると、南雲は高円寺の主張に矛盾点があると指摘。上級生のプライベートポイントを、卒業前に現金で買い取る提案をしていたことが暴露される。結局、綾小路《あやのこうじ》の所属する小グループは、幸村《ゆきむら》が仕方なく挙手して責任者に立候補した。

四苦八苦して迎えた2日目の夕食後、廊下で山内《やまうち》が坂柳《さかやなぎ》とぶつかり転倒させてしまう。また消灯時間の前には、綾小路たちの小グループの部屋に南雲や桐山《きりやま》をはじめとする大グループの上級生たちが訪れ、朝食当番を賭けてババ抜きに興じることに。南雲が最初にディーラーを務めた際にジョーカーにマーキングをし、それを事前に知っていた上級生たちは、雑談の中に巧妙に紛れ込ませた南雲の勝敗予測通りにゲームを展開。その間、南雲は1年生たちの反応を見定めていた。合宿が進むにつれ、高円寺の身勝手な振る舞いや、悪態ばかりの石崎《いしざき》のせいで、グループでは不協和音が生じていた。綾小路は合宿3日目の夕食時に軽井沢《かるいざわ》に接触。女子のグループ構成の情報を得るとともに、南雲と親しい2年生の女子、朝比奈《あさひな》なずなの監視を依頼する。また深夜に堀北学と接触し、試験の状況を把握した。

mini topic

動き出していた坂柳

坂柳が山内に転倒させられた後、坂柳は綾小路と話す。一之瀬が不正にポイントを大量に保有しているという噂が以前立ったことを持ちだし、一之瀬はBクラスの金庫番の役割をしているのではないかと推測する。だが坂柳は、あの龍園名義で広まった一之瀬の噂が、実は綾小路の仕業だったとは知らない様子だった。

南雲のやり方を見極める綾小路

合宿5日目には、最終日の試験で行われ

January

る駅伝の往復18キロのコースを事前に踏破することに。高円寺はイノシシを追って道草を食い、幸村は足を捻挫してしまう。

次の日の夕食後、綾小路は軽井沢からの情報を元に朝比奈に接触し、以前学校でお守りを拾ったお礼として女子グループの情報を得る。朝比奈によると、南雲に頼りにされている2年生女子が固まった小グループが作られ、3年Aクラス・橘《たちばな》の所属する大グループに入ったという。

数々のアクシデントに見舞われた綾小路の小グループは雰囲気が険悪になっていた。だが、6日目の夜、消灯後に橋本《はしもと》が自分の過去の話を始めたことを端緒に幸村も自分の話を打ち明け、それまで横暴だった石崎が気遣いをするようになる。橋本の機転により、グループらしいまとまりを見せるのだった。

試験前日、綾小路は橘に堀北学に助力を求めるよう告げるが、彼女は迷惑をかけたくないためこれを拒否。綾小路は独自に収集した情報から、堀北学が「完全に詰み」と判断する。深夜、綾小路は部屋を抜け出

mini topic

Aクラス昇格への堀北の覚悟

混合合宿では、堀北は櫛田と同じ小グループとなっていた。その理由は櫛田を監視することに加えて、櫛田との関係改善を望んでいたからだった。気に入らない櫛田は頑として態度を変えないが、この時堀北はたとえ綾小路からの協力が得られなくなるとしても、自分は櫛田を選ぶと決意を新たにするのだった。

す橋本を尾行し、橋本が龍園と密会している様子を目撃する。そこに堀北学と南雲も密会にやってきて、南雲は堀北学に試験を棄権するように警告するのだった。

最終日。長い試験を終え、堀北学の所属する大グループが男子総合1位となり、堀北学と南雲の対決は堀北学が勝利を収めた。男子からは退学者が出ることはなかったが、一方の女子では最下位となった大グループのうち、3年Bクラス・猪狩桃子《いかりももこ》の小グループがボーダーを下回り、責任者の猪狩が退学処分になる。そして猪狩は、連帯責任の道連れとして橘の名を挙げる。南雲は自分と堀北学の勝負に周囲の目を引き付けておき、その裏で息のかかった女子の小グループに橘を狙い撃たせていたのだ。これまで築き上げてきた「約束を守る」とか「勝負には真剣」といった周囲からの信頼を裏切ってまで、南雲は堀北学にダメージを与える策略を採っていたのである。堀北学は信用を裏切った南雲の術中にはまってしまった。

結局、堀北学の3年Aクラスは、2000万プライベートポイントと300クラスポイントを支払って橘の退学処分を取り消す。また、3年Bクラスも、南雲が2年全クラスから集めて提供した2000万プライベートポイントと300クラスポイントを払って猪狩を救済。2クラスが救済の権利を行使する展開になった。3年Aクラスと3年Bクラスのクラスポイント差は縮まることはなかったが、南雲は堀北学のクラスから莫大なプライベートポイントとクラスポイントを吐き出させることに成功したのだった。

January

解答

綾小路たち男子グループから退学者は出なかった。一方、女子グループからは、ボーダーラインを下回る小グループが出て、堀北学と同じクラスの橘が退学に……!?

まとまりのない綾小路のグループ

試験中は、小グループ毎《ごと》に集団生活する。小グループ内のコミュニケーションが大事になるが、綾小路たちは上手《うま》くいかない。なお、高円寺は勝手にベッドを決めたり、朝食作りをサボったりと、ここでも自分勝手に動き、不和を招く一因となった。

試験内容の難易度

最終日に行われる試験は、合宿中に学んだことを覚えていれば、低い点数は取らなくて済むようになっている。

試験科目

『禅』

採点基準は2つ。道場に入ってからの作法、動作。座禅中の乱れの有無。


『スピーチ』

声量、姿勢、内容、伝え方の4つが採点基準。


『駅伝』

コース往復18キロを小グループで走りきる。1人最低でも1.2キロ以上は走らなければならない。


『筆記試験』

合宿で学んだことを出題。要点を押さえていれば満点を取れる。苦戦する生徒でも50～70点ほどになる程度の難易度。

南雲に関する情報収集

南雲が、3年Bクラスの石倉に対し、Aクラスに上がるための手伝いをする、という意味深長な発言をしていたこと。さらに、今回の試験のルール製作・構築に生徒会が関わっていたこと。それらの真意を探るため綾小路は、南雲に染まっていない朝比奈から情報を聞いた。女子の大グループを決める際に、南雲に頼りにされているメンバーがいる小グループが要望を出し、橘と同じ大グループになったことを知る。

予想外の結果

堀北学が所属する大グループが首位。2位は南雲が所属する大グループであり、綾小路たちの小グループが所属している。女子グループでは、3年Cクラス綾瀬《あやせ》夏《なつ》が所属する大グループが首位。ここには堀北と櫛田《くしだ》の小グループがいる。最下位は、3年Bクラス猪狩桃子が所属する大グループ。猪狩の小グループはボーダーを下回り、責任者の猪狩は、退学処分の連帯責任に橘を指名する。なお、橘と猪狩は救済された。

信頼を捨てて仕掛けた策略

南雲は、龍園のような反則紛《まが》いの行為を取ることも厭《いと》わず、2年生全体を掌握してきた。だが、約束したことは破ったことがなく、そういう意味では信頼されている。今回、堀北学に対して築き上げてきた信頼を捨ててまで橘を退学処分にした。信頼や尊敬を取っ払っての勝負がしたいという、堀北学への執着を他生徒に印象づけた。

2月 坂柳による一之瀬潰し

9巻

『混合合宿ではクラス順位の変動はなかったものの、2月には学年末試験が控えており、その後には特別試験が行われることが予想される。試験まではクラス間の抗争と無縁な日常が続くかと思われ、堀北《ほりきた》クラス（Cクラス）では平田《ひらた》と軽井沢《かるいざわ》が恋人関係を解消した話題で持ちきりだったが、その矢先に一之瀬《いちのせ》に関する誹謗《ひぼう》中傷が聞こえるようになってきた。Aクラスの坂柳《さかやなぎ》がBクラスへの攻撃を開始したのである。そしてこの中傷事件は、1年生全体を巻き込む大騒動へと発展していく。』

要点

坂柳がAクラス生徒を使い、学校に流した一之瀬の噂《うわさ》。それは、彼女を貶《おとし》める内容だった。周りが心配する中、一之瀬はその噂に対し学校に対処を求めないし、学校側も対処をしない。噂話は広がりを見せ、一之瀬の心にダメージを与えていく。

坂柳と南雲の密約

坂柳は、南雲《なぐも》の情報を元に、一之瀬本人から万引きした過去を聞き出していた。その過去を利用し、Bクラスに攻撃を仕掛ける。その前に坂柳は、生徒会長の南雲と会っていた。そして、南雲から、生徒会としても黙認する、という言質を取ったうえで、一之瀬の噂を流していたのだ。

Bクラス神崎とAクラス橋本

「暴力沙汰を起こした過去がある」「援助を受けて交際をしていた」「窃盗、強盗を行った」「薬物の使用歴がある」など、一之瀬に関する悪い噂は多岐にわたっている。一之瀬を守るため神崎《かんざき》は、噂の出所を探り、Aクラスが流しているのではないかと突き止める。橋本《はしもと》が放課後に残っていたところを、神崎が問い詰めるが、Aクラスを動かし噂を流させた黒幕を特定することはできなかった。

噂の中にある真実

多くの噂を流されても学校に対処を求めない一之瀬の態度に、綾小路《あやのこうじ》は、噂の中に本当のことがあるからだと推測する。

Story 坂柳による一之瀬潰し

一之瀬に伸びる坂柳と南雲の謀略

　前生徒会長の堀北学《まなぶ》は一之瀬が南雲に取り込まれることを危惧し、彼女の生徒会入りを見送っていた。だが、南雲は一之瀬を自分の手駒として手懐《てなず》ける下心があり、優秀な彼女がAクラスに配属されなかった理由として思い当たる節を、他言無用を約束して吐露させた。そのようにして、一之瀬が中学時代に万引きをし、およそ半年ほど不登校だったことを聞き出す。結果、南雲の推挙で一之瀬は夏休み前に生徒会に採用された経緯がある。それが今、一之瀬を手中に収めたい南雲と、精神的に追い詰めたい坂柳の利害が一致。南雲は坂柳のやることを黙認すると明言し、坂柳は南雲生徒会長の方針では「どこまでやっても大丈夫か」を確認する。なお、坂柳と入れ替わりで、櫛田《くしだ》が生徒会室に入っていった。

　暴力沙汰、援助交際、窃盗、強盗、薬物使用といった一之瀬への誹謗中傷は、またたく間に学校中に広まっていった。綾小路は堀北の部屋で一之瀬の口から、噂《うわさ》の出所が坂柳である可能性が高いと聞かされる。その理由としては、坂柳から宣戦布告されたからという。だが一之瀬は、噂に過剰に反応するつもりはない。

　2月11日金曜日、綾小路が学校から帰ってくると1年生寮のロビーに人だかりができており、全生徒のポストに「一之瀬帆波は犯罪者である」と書かれたプリントが投《とう》函《かん》されていた。Ｂクラスの生徒たちが動揺する中、人だかりを冷静に観察していた神《か》室《むろ》が綾小路の後をついてきて部屋に上がり込む。すると神室は、入学式から1週間が経《た》った頃、コンビニで万引きしたところを坂柳に見られ、秘密を守る代わりに協力させられていると告白。未成年には購入できない缶ビールを持ってきて万引きの常習犯であることを実証し、同じ境遇の一之瀬に同情しているため、坂柳を止めてほしいと要請してきた。神室が帰った後、綾小路はコンビニに向かう途中で堀北学から電話を受ける。櫛田が南雲に接触し、堀北鈴《すず》音《ね》を退学にするための助力を請い、さらに綾小路の存在も厄介だと告げたらしい。

　この日、綾小路は坂柳の戦略に対して布石を打っておくことにし、櫛田を自室に呼び出した。そして、弱みになるような同級生の個人情報を提供してもらい、それらを噂として流出させると提案する。複数の生徒の誹謗中傷が蔓延《まんえん》すれば、学校側が放っておけなくなって事態収束に乗り出すはず

mini topic

坂柳の色仕掛け？

坂柳は単独でＣクラスを訪れ、山内を廊下へと呼び出す。堀北をはじめクラスメイトの誰もが罠を疑う中、山内は鼻の下を伸ばして坂柳の呼び出しに応じてしまう。罠だったらどうするかとの問いに「そこはうまくやっとくから」と返答するものの、やはりこれは罠。のちの特別試験に大きな影響を及ぼすことになる。

だ、と。その代わりに、今後自分に入ってくるプライベートポイントを半分譲ると持ちかけ、櫛田と長期的なギブ&テイクの関係を結ぶように思わせた。これは櫛田の持つ情報の量と質を見極めるための策でもあり、かつて龍園《りゅうえん》に宣言した通り櫛田を退学させるための布石でもあった。なお、櫛田《くしだ》はこの時の会話を録音している。

週が明けて2月14日月曜日、綾小路は南雲失脚を狙う桐山《きりやま》副会長と接触を図る。1年Aクラス以外のクラスの学校掲示板に、櫛田から得た情報を桐山に書き込ませた。

罪の告白と一之瀬の復活

学年末試験前の仮テストが行われた後の2月18日金曜日、掲示板に誹謗中傷を流されたDクラスの生徒たちがAクラスの橋本と鬼頭隼《きとうはやと》に詰め寄る。綾小路たちCクラスも同席していて、橋本は容疑を否認するもののAクラス対Dクラスの喧嘩《けんか》が勃発。この日から綾小路による一之瀬の「心を壊す作業」が始まる。綾小路は連日、学校を休む一之瀬の部屋の前に通い、彼女が重い口を開くのを待った。そして2月23日水曜日、ついに一之瀬は、扉の前の綾小路に罪の告白をする。中学時代に妹の誕生日プレゼントのためにデパートでヘアクリップを万引きしたが、それが病気の母親にバレて本気で怒られ罪を自覚したこと。母子《おやこ》で謝罪に行き、店の人は警察に突き出さなかったが、騒動は広まり、自責の念から半年ほど部屋にこもりっきりになったこと。綾小路に罪を告白して折られた一之瀬の心は、そこから立ち直ることによって成長した。翌24日木曜日に一之瀬は学校に登校し、坂柳たちAクラスの生徒がBクラスに乗り込んできた中で、クラスメイトに対して罪の告白をし、Bクラスの生徒たちはそれでも彼女についていくことを誓う。

そこに南雲、星之宮《ほしのみや》、茶柱《ちゃばしら》が乗り込んで来て、個人を陥れるような噂がこれ以上蔓延することを学校側は望まないとして、安易な噂の吹聴行為を禁止にし事件の幕引きを図る。かくして坂柳の策略も、心に痛手を負った一之瀬を救済するふりをして手駒にしたかった南雲の策も、どちらも失敗に終わるのだった。

その後、綾小路は坂柳からの呼び出しに応じ1階の玄関前へと赴く。今回の一連の騒動は「あなたに関心を持ってもらうため」と坂柳は言い、あらためて綾小路に勝負を申し入れる。坂柳が勝てばCクラスの黒幕が綾小路だと暴露され、綾小路が勝てば坂柳が自主退学する。その条件で綾小路は坂柳との勝負を承諾した。

2月25日金曜日、学年末試験当日の朝、一之瀬は綾小路に改めて感謝を伝え、バレンタインチョコを手渡すのだった。

解答

神室から聞いた、一之瀬が万引きしたという過去。そして、坂柳が一之瀬を狙っているということ。綾小路は一之瀬の心を坂柳に壊されるより先に折って再生させることで、彼女を救う。

2月11日の綾小路

「一之瀬帆波は犯罪者である」と書かれた手紙が投函された日、神室は、一之瀬が過去に万引きしたことがあると綾小路に知らせる。神室も過去には万引き常習犯で、一之瀬の境遇に同情していた。そのため神室は、黒幕である坂柳が一之瀬の心を潰す前に、綾小路に一之瀬を助けてほしいと言う。

綾小路は、この機会を利用して、一之瀬から信頼を得るために動き出す。

Check アルコール缶の賞味期限

神室が万引きの常習犯だったと実証するために、万引きして持ってきたアルコール缶。その賞味期限は、店にある同じ銘柄の缶のものより4か月以上前のもの。入学直後に神室が万引きしたところを坂柳に見咎められており、その時のアルコール缶を持ってきていた。なおその缶は、坂柳が保管していた。

綾小路の動き

2月11日の深夜。綾小路は、櫛田に交渉し、彼女が持つ生徒の秘密を聞き出していた。そして、14日に桐山にその情報を学校の掲示板に流してもらうよう持ちかけた。南雲失脚を狙う桐山にとっても、協力者の綾小路との間に、貸し借りの関係が生まれるのはメリットだ。桐山はこれを承諾し噂を流した。堀北クラスの噂は、「綾小路清隆《きよたか》は軽井沢恵《けい》に好意を寄せている」「本《ほん》堂遼太郎《どうりょうたろう》は肥満の女子にしか興味がない」「篠原《しのはら》さつきは中学時代に売春をしていた」「佐藤麻耶《さとうまや》は小野寺《おのでら》かや乃《の》を嫌っている」だ。これは、学校を動かすための布石でもあった。もし、誹謗中傷により生徒が退学などするようなことがあれば、学校の地位と名誉は失墜する。綾小路の布石が1つのきっかけとなり、学校側が個人を陥れる噂を禁止することに繋《つな》がった。

南雲の策を潰した綾小路

　綾小路は、心の傷が癒えず学校を休んでいる一之瀬のもとに通い続けた。そして、彼女の口から万引した過去を引き出し、自らの過去と向き合わせ、成長を促した。結果、南雲が企《たくら》んでいた、自らの手で一之瀬を助けることで手懐《てなず》けようとしていた企みが、潰されることになった。その後、一之瀬は、南雲が万引きの過去を口外したことを悟りながらも、恨むことはせず、強く成長した精神性を見せていた。

綾小路が得た信頼

　今回の一件で一之瀬は成長した。ある意味では、他の生徒たちにとって強力なライバルが生まれたとも言える。

　そんな彼女に綾小路は、「もしも自分を見失いそうになったら、またオレに声をかければいい」と告げる。一之瀬はその言葉を受け入れるのだった。

3月 追加特別試験『クラス内投票』

10巻

学年末試験でも赤点を取る生徒は出ず、これまで1年生から退学者は1人も出ていない。これは高度育成高等学校の歴史上で初めてのことである。本来であれば喜ばしいことだが、学校側はこの異例の事態に対し、追加の特別試験を行うことを発表した。この特例措置は1年生を受け持つ担任教師たちにとっても寝耳に水だったようだ。今回の特別試験『クラス内投票』は、各クラスから退学者を1名出すことであり、その理不尽な内容に生徒たちからは不満が噴出するのだった。

要点

1年生に退学者が出ていないことから月《つき》城《しろ》理事長代理は1年生に追加の特別試験を課した。これまでの特別試験と違い、この試験では必ず退学者を出すという理不尽な内容になっている。

クラス内投票のルール

ルール1
賞賛票と批判票は互いに干渉しあう。賞賛票－批判票＝結果。

ルール2
賞賛、批判問わず自分自身に投票することは出来ない。

ルール3
同一人物を複数回記入すること、無記入、棄権などの行為も一切不可。

ルール4
首位と最下位が決まるまで試験は繰り返し行われ、最下位は退学。

ルール5
他クラスの生徒に投じるための専用の賞賛票も各自1票持っており、記入は強制。

ルールの補足

補足1
試験当日までに、生徒たちはクラスメイトに評価をつける。試験当日に、賞賛に値する生徒3名に「賞賛票」、批判に値する生徒3名に「批判票」を投じる。

補足2
賞賛票を多く集めた1位の生徒には、退学措置を無効にする「プロテクトポイント」が与えられる。

教師の反応

試験で一定以下の結果になった者が退学になるこれまでの試験と違い、クラス内投票では、生徒たち自身が1年近くを過ごしてきた仲間の中から、退学者を選ぶことになる。茶柱《ちゃばしら》たち教師陣は、その試験の内容と、追加で試験をさせることで生徒たちに負担を強いることになる事実を重く受け止めていた。特に真嶋《ましま》は、月城理事長代理に対し、必ず退学者を出す理不尽さを指摘。だが、それが受け入れられることはなく、試験は実施された。

また、月城は教師陣へのクラス内投票の説明の際に、文化祭の開催も検討していることを説明。学校の性質上一般開放に関連した行事は行っていなかった。だが、政府からの期待を受けている学校だからこそ様々な試みをすべきと主張。なお、文化祭は政界などの学校関係者向けと説明した。

C（堀北）クラスの迷い

方針はなく、生徒各々が決めて投票することになったCクラス。クラス内投票では、退学者を出してもペナルティがない。ある意味では、Aクラス昇格を目指すために不要な生徒を切り捨てる機会だ。それに気づいた高円寺《こうえんじ》は、「心を入れ替えるよ」と発言し、今後クラスに貢献するという。高円寺がこれまでの振るまいから自身を不要な生徒側だと感じているからこその発言だ。

綾小路グループで投票し合う

クラス内投票では、投票日までに誰に批

判票を集めるかが鍵となる。その一方で、グループを作り、お互いに賞賛票を入れることで、退学者になるリスクを減らすことも大事だ。綾小路《あやのこうじ》グループでは互いに賞賛票を投票し合うことに決める。

　そんな折、クラスに大きなグループが出来て、ある生徒に批判票を集める誘導が始まる。その標的となったのは、綾小路だ。

報いを受ける龍園

D（龍園《りゅうえん》）クラスでは、龍園が退学の筆頭候補に。クラスのほとんどの生徒も、龍園に批判票を入れることに合意している。龍園自身も、それを受け入れている。

退学者を出さないために

B（一之瀬《いちのせ》）クラスは、クラス内投票では退学者を出さない方針だ。批判票首位で退学になった生徒を、２０００万プライベートポイントを使い退学を取り消すのだ。だが、万が一に備えて貯《た》めていたプライベートポイントでも、ポイント不足。

　クラスのために、と覚悟を決めた一之瀬は、南雲《なぐも》と交渉する。およそ４００万プライベートポイントを借りる代わりに、南雲との交際を迫られることになる。

統率の取れたA（坂柳《さかやなぎ》）クラス

試験発表後、坂柳はすぐに退学者を指名した。自らと対立していた葛城《かつらぎ》だ。坂柳の提案に、ほとんどの生徒が賛同。葛城本人も、龍園との契約でプライベートポイントがDクラスに流れていることに責任を感じており、坂柳の提案に逆らわなかった。

Story 追加特別試験『クラス内投票』

水面下での各クラスの動向

クラス内投票の実施が発表されたのが3月2日火曜日で、試験は6日土曜日の朝に実施される。つまり、わずか4日の間に投票者を決めなければならない。綾小路グループのメンバーは、狙い撃ちされないために、期間中は目立たないようにしようと話し合う。

Aクラスでは坂柳の指示の下、早々に葛城追放でまとまっていたが、その一方で坂柳は堀北《ほりきた》クラス（Cクラス）の山内《やまうち》と会っていた。もともとCクラスのスパイに仕立てようと接触を繰り返していたところ、今回の特別試験が始まったので、山内を利用した策を実行に移す。試験後の月曜日に2人きりで会うことをほのめかすと、櫛田《くしだ》を仲介役にして綾小路をスケープゴートにするよう言葉巧みに誘導していく。

3月3日水曜日、登校中の綾小路は2年Aクラスの朝比奈《あさひな》から声をかけられる。一之瀬は2000万プライベートポイントを集め、退学者を救済する道を模索しており、不足分を借りられないか南雲に相談したという。南雲はポイントを提供する代わりに、自分と交際することを条件として提示した。

放課後、綾小路は坂柳と遭遇し、坂柳の父親である理事長が停職することになったと伝えられる。そして、綾小路と坂柳の勝負の約束は、今回は見送るものとして、次回の特別試験へと持ち越すことが合意された。

　同日、綾小路は一之瀬を自室に招き、Bクラスが退学者を救済するには400万強のプライベートポイントが不足していることを聞き出す。また、この日には龍園クラス（Dクラス）の石崎《いしざき》と伊吹《いぶき》も綾小路の部屋を訪れている。Dクラスは龍園追放で9割方の意見が一致しているものの、クラスの昇格に龍園は欠かせないと感じている石崎と伊吹は、龍園を救う策はないかと綾小路に相談してきた。この日の昼休みに図書室で椎名《しいな》と話した時に、龍園の退学を望んでないと自覚した綾小路は、2人に龍園の保有するプライベートポイントを回収しておくことだけを告げるのだった。

　3月4日木曜日、綾小路は通学路の途中にある休憩所で堀北学《まなぶ》と会い、堀北鈴音《すずね》を導くために一計を案じる。夜には軽井沢《かるいざわ》から電話があり、綾小路が批判票のターゲットになっていると聞かされ、今朝教室に入った時に感じた違和感の正体を知るのだった。なお、軽井沢がこの情報を得られたのは、坂柳が綾小路へと情報が漏洩すること

mini topic

軽井沢の誕生日

3月4日の夜、軽井沢からの電話で自分が批判票のターゲットにされていると知らされた綾小路は、会話がその件で終始し、「来週3月8日のことで少し話もしたかった」との感想を漏らす。3月8日とは、軽井沢の誕生日。特別試験に忙殺されることなく、軽井沢の誕生日のプランを練っていたことがわかる。

を見越して、軽井沢を巻き込むことを山内に指示していたからである。

櫛田に電話して首謀者が山内であると教えられると、綾小路は堀北学に「山内が首謀者であること」「裏で坂柳が糸を引いていること」を伝えるのだった。

罠に嵌まった山内と BクラスとDクラスの取引

特別試験前日の3月5日金曜日、前夜に兄とメールで連絡を取った堀北鈴音は、昼休みに兄と会って「勇気をください」と打ち明ける。

兄から解答を授かった堀北は、この日のホームルーム終了後に動く。堀北はクラス全員の前で、退学すべき生徒は山内であると指名。クラスを裏切って敵である坂柳と結託し、仲間である綾小路を狙い撃ちしようとしていたことを暴露され、さらに罪を着せられそうになった櫛田が反撃の泣き落としを演じ、山内の旗色は悪くなるばかり。この混乱した状況に平田《ひらた》が激昂《げきこう》し、粗暴な一面を露呈してしまう。

Aクラスは、坂柳、橋本《はしもと》、鬼頭《きとう》、神室《かむろ》がカラオケルームで最終的な打ち合わせをしていた。そこで坂柳は、Aクラスの賞賛票は山内ではなく、綾小路に集中させる方針を伝達するのだった。

その夜、伊吹から綾小路に「龍園のプライベートポイントは全部回収した」と電話がかかる。そこで綾小路は自室に石崎と伊吹を呼び寄せる。伊吹と石崎が龍園の代わりに真鍋《まなべ》を退学させることを話し合っていると、綾小路に招かれた一之瀬が来訪。D

クラスは龍園から回収したプライベートポイントで一之瀬の不足分を補い、一之瀬はBクラスの賞賛票を龍園に集中させる、という取引が交わされた。特別試験当日、落ち着かない様子の山内は、坂柳から賞賛票を貰う約束になっていることを自ら暴露する。だが坂柳は、最初からその約束を守るつもりはなかった。

投票の結果、Aクラスは戸塚《とつか》、Bクラスは神崎《かんざき》、Cクラスは山内、Dクラスは真鍋が最下位になる。Bクラスは２０００万プライベートポイントを支払って神崎を救済し、その他の３人は退学が決定。なお、Aクラスは坂柳、Bクラスは一之瀬、Cクラスは綾小路、Dクラスは金田《かねだ》が首位になり、プロテクトポイントを獲得した。

試験後、綾小路は坂柳から、この特別試験は何者かが綾小路を退学させるために用意した舞台装置であると告げられる。

そこに月城理事長代理が姿を現す。坂柳の父に代わって４月から正式に赴任する月城は、綾小路の父親の息がかかっており、綾小路を退学に追い込むと宣戦布告する。月城の去った後、綾小路は次の特別試験で坂柳と勝負することを決めるのだった。

解答

山内は、綾小路へ批判票を集めるように誘導していた。だが、堀北の活躍により、山内の策略を阻止され、綾小路は退学を免れた。さらに、坂柳一派の賞賛票が入り、綾小路は賞賛票1位を取りプロテクトポイントを手に入れる。一方で、他クラスでも退学を巡り様々な策略がうごめいていた。

坂柳の狙い

坂柳は、以前からスパイに仕立て上げるために接触していた山内に、クラス内投票で勝つ方法をそれとなく伝える。批判票を投票するターゲットを1人に絞り、退学に追い込むという方法だ。ただし、ターゲットに批判票を投票させるために動くと、他生徒からの心証が悪くなり、山内自身に批判票が集まってしまうリスクもある。そこで坂柳は、山内が退学にならないように、Aクラス20名ほどの賞賛票を山内に投票することを約束。そして、ターゲットには綾小路を提案。だが、この時からすでに、坂柳は山内を裏切るつもりだった。

Check 坂柳が山内を選んだ理由

坂柳が、山内をスパイに仕立てあげようとしたのには理由がある。混合合宿で転ばされたことへの報復だ。初めから坂柳は、山内を利用するためだけに近づいたのだ。

綾小路の行動

山内の働きにより、試験発表から3日目の朝には、クラス内に大きなグループが結成され、綾小路に批判票を集める動きができた。その情報を軽井沢から得た綾小路は、山内が首謀者だと特定し、堀北学に連絡。学から妹の鈴音に、山内と坂柳の繋《つな》がりを伝えてほしいと頼む。そうすることで鈴音を動かし、山内を退学に追い込もうと画策。

堀北の勇気と覚悟

Aクラス昇格を目指す堀北にとって、クラスへの貢献度が低い生徒を選ぶ必要があった。そうしないと、今後必ず後悔が生まれる。兄から情報を得て、クラス内投票に真摯に向き合った堀北は、山内と綾小路を比べた結果、綾小路を残すべきと決断。クラス全員に嫌われる覚悟を持って、感情論ではなく、理論的に山内を退学にするべきだと進言するのだった。

なお、堀北は、クラスメイトの前で、山内の作戦を止めなかった櫛田を叱責。櫛田は、これまで築き上げてきた善人であるという自分自身のイメージに縛られて、強く言い返すことができなかった。堀北もそれをわかったうえで、櫛田を責め立てた。

平田が反発した理由

山内という特定の個人を退学にさせようとする堀北の進言に、強く反発したのが平田だ。綾小路や高円寺のように『不要な生徒を切り捨てるだけ』の試験だと割り切れるタイプならば、自分以外の誰かを切り捨てればいいのだけなのだが、平田は違う。平田は、切り捨てるべき者を『誰』にするのか決められないタイプだ。そんな平田は、山内を退学にするべきと主張する堀北の言葉に激昂。「堀北さんの名前を書くことにするよ」と言ってしまう。

Cクラスの結果

試験当日、平田は、批判票に自分の名前を書いてほしいと言う。退学にするべき生徒を選べない平田は、自分自身を選んだのだ。だが、事前にクラスの女子数人が平田に批判票を入れないでほしい、という擁護するメッセージを他生徒に送っていた。

結果、山内に批判票が集まる。坂柳との約束で入るはずだった賞賛票もなく、山内が最下位に決定。退学が決まり取り乱す山内に対し、高円寺が執拗《しつよう》に煽《あお》る。山内は椅子で高円寺に襲いかかるも高円寺は軽々と阻止する。高円寺の執拗な煽りは、山内の怒りを自分だけに向けることで、他生徒たちを守るためだったのかもしれない。

DクラスとBクラスの結果

Dクラスのほぼ全員が龍園を退学させることに同意する中、石崎と伊吹は違った。龍園抜きで今後の特別試験で他クラスに立ち向かうのは無理だと考えた石崎たちは、龍園を退学にさせないために綾小路に助けを求める。そして、綾小路は一計を案じる。龍園が退学になると死蔵する約５００万プライベートポイントを、伊吹に回収させる。その内の約４００万プライベートポイントを一之瀬に渡し、代わりに、Bクラスの持つ賞賛票40票を龍園に入れることに。なお、真鍋を退学にしたのは、伊吹の判断。

綾小路の行動のおかげで、Bクラスは、あえて神崎に批判票を集めて、救済できた。

坂柳のブラフ

坂柳が葛城を狙うと宣言していたが、それは見せかけだった。退学にしたのは、戸塚だ。坂柳は、Aクラスへのメリットを生み出さない戸塚を、初めから退学に追い込む気だったのだ。さらに、葛城の右腕ともいえる戸塚を退学にすることで、裏切り者には容赦しないという態度を示していた。

Check クラス内投票の真意

坂柳は、月城サイドの人物から、綾小路を退学させるようメールを受けていた。この試験は、綾小路を退学させるために用意されていたのだ。なお、元々他クラスは批判票を投じる形だったが、職員からの猛反発で今の形となったのだった。

March

クラス内投票結果発表

1-A（坂柳クラス）	賞賛票首位……坂柳　36票 批判票首位……戸塚　36票
1-B（一之瀬クラス）	賞賛票首位……一之瀬　98票 批判票首位……神崎 （なお神崎は、2000万プライベートポイントで救済）
1-C（堀北クラス）	賞賛票首位……綾小路　42票 （2位は平田、3位は櫛田） 批判票首位……山内　33票 （2位は須藤21票、3位は池20票）
1-D（龍園クラス）	賞賛票首位……金田　27票 批判票首位……真鍋

← 退学者は戸塚、山内、真鍋

▶Story Guidance vol.11

3月 特別試験『選抜種目試験』

11巻

クラス内投票で初めての退学者を出し、堀北《ほりきた》クラス（Cクラス）は動揺を隠せない。日曜日を1日挟んで週明けの月曜には、早くも1年最後の特別試験『選抜種目試験』について告知されるのだった。この1年を締めくくるにふさわしい、総合力を問われる試験であり、各クラスの司令塔は敗北すると退学処分となる。Cクラスではプロテクトポイントを持つ綾小路《あやのこうじ》が司令塔に立候補して試験に挑む。対戦相手となるAクラスの司令塔は坂柳《さかやなぎ》。綾小路と坂柳の直接対決が実現する。

要点

1年最後の特別試験は、自分たちが考えた種目から、学校が選んだ7種目を他クラスと競う選抜種目試験。この試験で、ついに綾小路と坂柳の対決が実現する。

試験日程

3月8日　特別試験発表・対決クラスの決定
3月14日　各クラスの10種目の最終受付日
3月15日　10種目の確定
3月22日　選抜種目試験当日

特別試験基本ルール

ルール1
各クラスは試験で争う10種目を決めルールを制定する。

ルール2
種目に必要な人数は、交代要員を除き、申請する10種目すべて違っていなければならない。

ルール3
選抜種目試験当日に、各クラスは10種目から5種目を『本命』として提出。

ルール4
自分と相手のクラスが選んだ本命から、ランダムで選ばれた7種目で戦う。

ルール5
4勝したクラスが勝つ。ただし、クラスポイントの変動に関わるため7種目すべて競い合う。

ルール6
1種目につき30クラスポイントを、勝利クラスは敗者クラスから得る。

ルール7
選抜種目試験に勝利したクラスは、学校から報酬として100クラスポイントを得る。

ルール 8 各種目に関与する『司令塔』を1人選ぶ。

ルール 9 司令塔は、種目には直接参加できない。ただし、各ルールで定められた範囲で司令塔が種目に介入できる。

ルール 10 司令塔は、勝利した際に個別にプライベートポイントが与えられる。だが、敗北時は退学処分を受ける。

種目決めのルール

マイナーすぎる競技や、ルールが複雑すぎる種目は学校から許可されない。また、1人につき参加できる種目は1種目まで。ただしクラスメイト全員が種目に参加した場合に限り、2つ以上の種目への参加が認められる。なお、筆記問題がある種目は、学校側が用意した問題で競う。

重要な司令塔

種目に参加する生徒を選び、必要であれば『関与』できる司令塔は、優秀な者が務めた方が有利だ。だが、敗北すれば退学になる。そのため、クラス内投票でプロテクトポイントを得た生徒が司令塔になることに。Aクラスは坂柳、Bクラスは一之瀬《いちのせ》、Dクラスは金田《かねだ》。Cクラスは、堀北がうまい具合にクラスを誘導し、自然とプロテクトポイントを持つ綾小路が司令塔になるように仕向けた。堀北は、試験に勝つために、実力のある綾小路を司令塔にしたのだ。坂柳と戦うつもりの綾小路もまた、目立たず司令塔に立候補することができた。

各クラスの司令塔がくじを引き、対戦ク

ラスの選択権を得た生徒が相手を指名。その結果、Aクラス対Cクラス、Bクラス対Dクラスに決まる。なお、綾小路は坂柳と戦うため、事前に一之瀬と石崎《いしざき》に連絡し、Aクラスとの対決を譲ってもらっていた。

Cクラスの種目決め

種目がどんな内容になろうと、必ず勝てる種目と人選が必要とされる。特に5種目の内、必ず入れておきたいのが『1対1の種目』だ。個人戦ならば、他人に負けない特技や才能を持った生徒がいれば、勝率が上がるからだ。Cクラスは、生徒全員に、『自分が得意な種目』そして『絶対に負けない種目』を考えてもらった。また、Aクラスの盗み聞き対策で、重要なことはクラス全体のグループチャットを利用した。

種目

Cクラスが選んだ10種目

『英語』『バスケット』『弓道』『水泳』『テニス』『卓球』『タイピング技能』『サッカー』『ピアノ』『じゃんけん』

本命の5種目

『弓道』『バスケット』『卓球』『タイピング技能』『テニス』

Aクラスが選んだ10種目

『チェス』『フラッシュ暗算』『囲碁』『現代文テスト』『社会テスト』『バレーボール』『数学テスト』『英語テスト』『大縄跳び』『ドッジボール』

本命の5種目

『チェス』『英語テスト』『現代文テスト』『数学テスト』『フラッシュ暗算』

Story 特別試験『選抜種目試験』

カムバックした龍園の『勝つための悪逆』

特別試験の内容が発表された日の放課後、各クラスの司令塔となる生徒は特別棟の多目的室に集まり、対戦クラスを決めることになった。綾小路は放課後までにBクラスの一之瀬、龍園《りゅうえん》クラス（Dクラス）の石崎に連絡を取り、Aクラスとの対戦を譲ってもらうよう頼む。一之瀬はクラス内投票で借りがあるので、この申し出を快諾。石崎は龍園に土下座してアドバイスを求め、その指示通りBクラスとの対戦を決めていたことから、こちらも了承。A対C、B対Dの対戦が決まった。

この試験では最大310クラスポイントを得られるが、学校からの報酬は100のみ。あとは対戦相手から奪うことになるので、対戦相手との差が大きく変化する可能性が高い。上位クラスとの差をこれ以上広げたくないDクラスは、石崎、伊吹《いぶき》、椎名《しいな》が放課後にカラオケルームに集まり作戦会議を行う。そこに椎名に呼ばれた龍園が遅れて登場する。龍園は肉体を酷使する10種目を勝ち抜き戦形式で指定。そして『勝つための悪逆』として、Bクラス生徒を付け回すことなどでプレッシャーを与え、さらに遅効性の下剤を仕込む裏工作を伝授する。龍園は、この特別試験を通して、自分に綾小路との再戦を望む気持ちがあるのか見極めるつもりでいた。

また、この日は軽井沢《かるいざわ》の誕生日。綾小路は軽井沢を自室に招き、誕生日プレゼントとしてハート形のネックレスを渡す。軽井沢は難癖をつけながらもその場でネックレスを着け、まんざらではない様子だった。

mini topic

一之瀬の香水

Dクラスによる嫌がらせに柴田が憤っているところを綾小路たちに目撃された一之瀬は、彼らを昼食に誘う。この時、一之瀬はシトラス系の香水をつけており、綾小路はこの変化を感じ取っていた。ホワイトデーの早朝に遭遇した際には香水をつけていないことに気づいたが、それを直接指摘することはなかった。

特別試験発表から1週間後、各クラスの選定した10種目が発表される。この日の朝、綾小路は堀北学《まなぶ》と偶然出会い、堀北学が妹の潜在能力を高く評価していることを知った。だからこそ、綾小路は「あいつを変えてみようと思う」と堀北学に宣言する。

Aクラスの選んだ10種目は司令塔の関与が最小限に抑えられているが、唯一チェスのみ、ほぼ司令塔同士の戦いも可能になっている。この種目で戦いたいという坂柳の意思を感じ取った綾小路は、堀北にチェスを教え、途中から坂柳との一騎打ちにシフトしていくことを想定するのだった。

月城理事長代理による勝負への不正介入

山内《やまうち》が退学して以来、平田《ひらた》は選抜種目試験の話し合いにも参加せず、クラスに関わらないようになっていた。そのため、選抜種目試験では堀北がまとめ役としてCクラスを率いていく。自暴自棄になった平田はクラスでは腫物に触るような扱いになっていたが、王美雨《ワン・メイユイ》だけが諦めずに説得し続けた。それに嫌気が差した平田が王を突き飛ばすと、高円寺《こうえんじ》が平田の手首を押さえ込み、王を抱き抱える一幕もあった。失意に打ちひしがれる平田を前に、綾小路は過去の話を聞き出す。幼馴染《おさななじみ》の杉村《すぎむら》が中学時代に虐《いじ》めを受けて飛び降り自殺を図り、それでも学校から虐めがなくならないことに絶望した平田は、揉め事があれば双方に暴力を用いて制裁を与える恐怖政治を行った。その結果、全クラスが解体して再編され、厳しい監視が卒業まで続いたという。綾小路は厳しい言葉で平田を叱咤《しった》し、弱音を吐き出しきった平田はようやく前を向いて歩いていけるようになる。翌日、特別試験当日に平田は王にこれまでの非礼を詫《わ》び、クラス全員に謝罪する。

　その後、綾小路が多目的室に向かうと、既に坂柳と一之瀬が待っていた。そしてDクラスの司令塔は、当初の予定では金田だったが代理として龍園が登場。一之瀬は少なからず動揺してしまう。プロテクトポイントを持たない龍園は負ければ退学となるので、裏工作が露見して退学処分になる危険性を承知の上で下剤混入作戦を決行していた。その結果、Bクラスの主力生徒たちは腹痛で試験をまともに受けられない。柔道の種目で山田《やまだ》と対戦する選手を選択できず時間オーバーとなった時、試験監督の真嶋《ましま》はBクラスの不戦敗と裁定し、B対Dの対戦は5勝2敗でDクラスに軍配が上がった。

　A対Cの対戦では、事前に幸村《ゆきむら》が葛城《かつらぎ》に接触して内通を要請していた。だが葛城は、従わなければ他のAクラスの生徒を適当に

退学させると坂柳に脅され、手を抜くことができない。結局、3勝3敗のまま最終種目のチェスで決着をつけることになり、激闘の末に坂柳が勝利を収める。かくしてAクラスの勝利が決まったが、試験終了後に月城《つきしろ》理事長代理が現れて、綾小路からプロテクトポイントを剥奪するために2人の勝負に不正介入したことを明かす。
　月城が去った後、坂柳と綾小路は図書室のチェスで終局の盤面を再現して再戦を行う。敗れた坂柳は、綾小路が紛れもない天才だと評価する。そもそも坂柳はホワイトルームで対戦相手を圧倒する綾小路を見てからチェスを嗜《たしな》むようになったという。その帰りに坂柳は、「人肌のぬくもりも、けして悪いものではありません」とメッセージを伝えるのであった。

解答

Bクラス対Dクラスの戦いは、Dクラスが勝利した。その勝利の陰には龍園の活躍があった。そして、Aクラス対Cクラスは、坂柳が率いるAクラスが勝利したが……。

司令塔の役割

司令塔は、多目的室でパソコンを使い、種目にどの生徒を出場させるかリアルタイムで指名する。種目に必要な人数が多いほど時間が与えられる。大体、1人につき約30秒。時間内に選べなかった場合は、不足分の生徒の数だけランダムに選択される。逆に生徒を多く指名した場合は、ランダムで弾《はじ》き出されてしまう。なお、種目に『関与』する時もパソコンを通して指示を出す。

Aクラス対Cクラスの結果

種目1／Cクラス勝利

『バスケット』

必要人数5人　時間制限20分（10分2回）

ルール・通常のバスケットボールに準ずる

司令塔・任意のタイミングでメンバーを1人まで入れ替えても良い

種目2／Cクラス勝利

『タイピング技能』

必要人数1人　時間30分

ルール・タイピング技能『単語』『短文』『長文』の3つの科目で速さと正確性を競う

司令塔・試験中の気付いたミスを1ヶ所だけ伝えても構わない

種目3／Aクラス勝利

『英語テスト』

必要人数8人　時間50分

ルール・1年度における学習範囲内の問題集を解き合計点で競う

司令塔・1問だけ代わりに答えることが出来る

種目4／Aクラス勝利

『数学テスト』

必要人数7人　時間50分

ルール・1年度における学習範囲内の問題集を解き合計点で競う

司令塔・1問だけ代わりに答えることが出来る

種目5／Aクラス勝利

『フラッシュ暗算』

必要人数2人　時間30分

ルール・珠算式暗算を使って正確性と速さを競い1位を取った生徒のクラスの勝利となる

司令塔・任意の1問だけ答えを変えることが出来る

種目6／Cクラス勝利

『弓道』

種目7／Aクラス勝利

『チェス』

必要人数1人　時間1時間（切れ負け）

ルール・通常のチェスルールに準ずる。ただし41手目以降も持ち時間は増えない

司令塔・任意のタイミングから持ち時間を使い最大30分間、指示を出すことが出来る

Aクラス対Cクラス

Aクラスの種目・チェスは、他の種目に比べて、司令塔が関与する余地が非常に強い。そのことから、坂柳はチェスで勝負をつける気だと推測する綾小路。だが、関与する前に圧倒される展開になれば、坂柳との勝負は負けが確定する。綾小路は、チェスが選ばれた時のことを考え、堀北をチェスに出場させることに決め、彼女を鍛える。堀北に決めたのは、自分の実力を知っており、関係を一から構築する必要がないことが大きい。試験の最終戦でチェスが選ばれ、綾小路と坂柳の対決が実現。だが、月城の介入により、綾小路は負け、試験もCクラスの敗北となった。司令塔の関与は、パソコンに入力した指示が選手に伝わる。月城は、綾小路が入力した指示と別の指示を選手に伝わるように細工したのだ。

Bクラス対Dクラス

石崎は、特別試験に勝つために龍園に助言を求めた。龍園は、種目を柔道や空手などの肉体勝負に絞り、さらに、勝ち抜きルールにすることでDクラスの喧嘩《けんか》自慢たちで勝ち星を得るつもりだ。さらに龍園は、金田に代わって司令塔を務める。下剤を仕込んだことが発覚した際、負けた際のリスクを龍園1人で背負うためだ。結果、Dクラスが勝利。堀北率いるCクラスが負けてクラスポイントを失い、龍園たちDクラスが勝利しクラスポイントを得たことで、龍園たちはCクラスに昇格。

なお一之瀬は、龍園たちが仕組んだ下剤

などの悪逆を訴えることはなかった。一之瀬は今回の試験結果を、今後のための戒《いまし》めにすることにしたのだ。

結果と報酬

Aクラス対Cクラス（4勝3敗）

♛ A（坂柳）クラス
種目結果でプラス30クラスポイント
勝利報酬でプラス100クラスポイント

C（堀北）クラス
種目結果でマイナス30クラスポイント

Bクラス対Dクラス（5勝2敗）

B（一之瀬）クラス
種目結果でマイナス90クラスポイント

♛ D（龍園）クラス
種目結果でプラス90クラスポイント
勝利報酬でプラス100クラスポイント

March

クラスポイントの推移

1-C（堀北クラス）	1-D（龍園クラス）	1-B（一之瀬クラス）	1-A（坂柳クラス）
377ポイント	318ポイント	640ポイント	1001ポイント
↓ -30ポイント	↓ +190ポイント	↓ -90ポイント	↓ +130ポイント
347ポイント	508ポイント	550ポイント	1131ポイント

▶Story Guidance vol.11.5

高度育成高等学校の春休み

11.5巻

卒業式の裏での密談と龍園のリベンジメンタリティ

堀北《ほりきた》クラス（Cクラス）は選抜種目試験で敗北したものの、3勝4敗の戦績だったため、被害を最小限に抑えることができた。2年生に進級して新学期が始まれば再びDクラスに落ちることが確定しているが、1年を通して成長が見られ、クラスの生徒たちはさほど悲観的ではない。

特別試験終わりの夜、綾小路《あやのこうじ》は不正疑惑で謹慎中の坂柳《さかやなぎ》理事長へと電話をかける。月城《つきしろ》理事長代理が特別試験に介入して妨害工作をした経緯を話し、不測の事態が起きた時に後ろ盾となる存在を求めたのである。

それを聞いた坂柳理事長は、茶柱《ちゃばしら》に加えてAクラス担任の真嶋《ましま》であれば信頼ができると推薦した上、月城が卒業式後の謝恩会で理事長の職務を遂行している最中に監視カメラのない応接室で話し合えるようセッティングしてくれた。

卒業式ではAクラスのまま卒業する堀北学《まなぶ》が生徒代表として答辞をし、体育館ではそのまま謝恩会が開催される。その隙に綾小路が応接室に向かうと、すでに茶柱が待っており、そこに真嶋と坂柳有栖《ありす》が入室してくる。事情を把握した真嶋と茶柱は、事態収束のために月代の妨害に目を光らせることを約束。坂柳も月城を排除するまでは綾小路の味方であると話す。

謝恩会の後、堀北学と南雲《なぐも》は握手を交わして別れる。南雲は堀北学に勝負を挑んだことに悔いはなく、綾小路と堀北に「これまで以上に個人の実力が左右する仕組みには変える」と宣言する。また、平田《ひらた》と一緒に寮へと帰る道中、平田に王美雨《ワン・メイユイ》からの告白への返答を相談され、さらに今後は下の名前で呼んで欲しいと頼まれるのだった。

春休みに入ると、綾小路は椎名《しいな》とカフェで会う。椎名は少ない情報からパズルのピースを当てはめるように推理し、龍園《りゅうえん》を変えたのは綾小路だとの結論に至る。椎名は龍園の悪逆な手段を止めることができなかったことを悔いており、綾小路は椎名に「オレならもっと上手《うま》いやり方で安全に5勝以上出来た」との言伝《ことづて》を託す。

3月30日、綾小路は石崎《いしざき》からクラス移動の勧誘を受けるも断る。さらに一之瀬《いちのせ》から堀北を交えて話したいと相談を受け、堀北の提案で一之瀬クラスとの協力関係を撤廃する。その後、綾小路は事情が変わりAクラスを目指すと言うと、堀北は本当の実力を確かめるために勝負を提案。4月以降の

mini topic

綾小路と一之瀬の約束

堀北が一之瀬との協力関係を解消した日、考えを整理したい一之瀬は雨に打たれていた。綾小路はそれに付き合い、半ば強引に自分の部屋に一之瀬を上げ、そこで「来年の今日こうして会わないか」と提案する。綾小路は優しい言葉をかける一方、没落するようなら『介錯』すると冷静に分析するのだった。

筆記試験で1科目だけ決めて得点を競うことになる。後に綾小路は、自分が勝った時には、堀北が生徒会に入ることを条件とする。堀北と別れた後、綾小路は龍園と遭遇した。龍園は綾小路へのリベンジに心が沸き立ち、まずはウォーミングアップとして坂柳と一之瀬を潰すと言い放つ。それに対して綾小路は、可能性があるから上手く成長しろと助言をする。

堀北の心の成長と軽井沢への告白

　綾小路は堀北学が学校を離れる日時を堀北に伝えていたが、時間になっても彼女は現れない。妹を待つ間、堀北学は綾小路に対し、自分の存在を誰かに刻み、記憶に残る生徒になれと言い残す。そして学校を去ろうとする間際になって、長い髪を切ってショートヘアになった堀北がようやく姿を見せる。卒業式の日には兄の姿を目に焼き付けるだけで声をかけられなかったが、兄の姿を追うことをやめ、自分の道を切り開く決意をしっかりと語ることができた。妹の成長を確信した堀北学は、「他者に強くあれ。そして優しくあれ」と妹に伝える。堀北学が去った後、堀北は少女のように泣きじゃくるのだった。

　堀北が泣き止《や》んだ後、綾小路は改めて櫛《くし》田《だ》と交わした契約のことや、彼女にどう対処していくかについて話す。そして、リーダーとして成長する堀北に、櫛田の処遇を任せることにする。

　春休みの終盤、ケヤキモールへと出かけた綾小路は、クラスメイトの松下《まつした》に尾行さ

れていることに気づく。松下は選抜種目試験の時にフラッシュ暗算で綾小路が最終問題に正答したことを知っており、綾小路の持つ未知の実力に触れて興味を持ったようだ。その途中、綾小路は月城理事長代理に話しかけられ、新入生の中にホワイトルーム生を1人紛れ込ませるので、4月中に突き止められたら身を引いてもいいとゲームを持ちかけられる。

　月城との会話は松下に聞かれていなかったが、何らかの釈明をしておくべきだと判断した綾小路は彼女に接触し、ブラフを交えながら、これから手を抜かずに実力を発揮するつもりだと伝える。

　春休みも残り2日となった日、綾小路は軽井沢《かるいざわ》を部屋に呼び寄せた。これまで信頼関係を積み重ねてきたうえに、この春休みには椎名との仲を見せつけて嫉妬心《しっとしん》を煽《あお》った綾小路は、ここで軽井沢に告白。自分の気持ちに気づいていた軽井沢は、照れながらも綾小路の申し出を受け入れ、2人は恋人関係になる。この恋愛は軽井沢の成長に必要であり、かつ綾小路は彼女を通じてホワイトルームで学べなかったもの、すなわち恋愛を学習するつもりであった。

3学期〜春休みの注目点

▶Focus on the third term-Spring Break

ここに注目！ Check Point

生徒たちの裏で動き出す運命

一之瀬《いちのせ》に対する良くない噂《うわさ》がまことしやかに囁《ささや》かれた頃、深夜1時過ぎに綾小路《あやのこうじ》は見知らぬ電話番号からの着信を受け、若い声で名前のみ呼ばれる。学校支給の携帯は外部と連絡を取れないようにするために、指定された電話番号以外はかけられないし、受けられないように予《あらかじ》め設定されている。また、この設定を変更することはできない。つまり、綾小路が番号を登録していない敷地内で生活する誰かからの電話だったと考えられる。しかし、交友関係の広い軽井沢《かるいざわ》に尋ねても心当たりのない番号であり、綾小路は自分の関知しないところで何者かの思惑が動いていることを察知するのだった。

Check Point

クラス内投票では、クラスから退学者を出さないよう奔走する一之瀬が、今まで貯《た》めたプライベートポイントを使ってまで退学者を回避することをクラスメイトに説明する際に、かつて神崎《かんざき》から「力を持っているのに、それを使わないのは愚か者のすることだ」と教えられたことを明かす。この言葉は、綾小路がかつて受けた教えと同じである。綾小路と神崎は須藤《すどう》の暴力事件で目撃者を探した頃から交流があるが、

ここに注目 Check Point

クラスの問題児・高円寺への綾小路の対応

これまでの試験でクラスへの協力を拒んでいる高円寺。綾小路は混合合宿で協力を要請した際も断られており、自身の理念で行動する高円寺は動かせそうにないと捉えていた。

2人の過去にどのような共通点があるのかも気になるところだ。

3学期終了時のクラスポイント

1-A (坂柳クラス)	1-B (一之瀬クラス)	1-D (龍園クラス)	1-C (堀北クラス)
Classroom of Sakayanagi	Classroom of Ichinose	Classroom of Ryuen	Classroom of Horikita
1131 ポイント	**550** ポイント	**508** ポイント	**347** ポイント

The third term-Spring Break

綾小路の人心掌握術

軽井沢の心を掌握

綾小路にとっても未知の関係

茶柱に脅迫され、Aクラスを目指すことになった綾小路。船上試験ではその手駒として軽井沢に目を付け、手中に収めるために軽井沢と真鍋たちの揉め事を利用。軽井沢と真鍋たちを閉鎖的空間に呼び出すことで、真鍋たちの残虐性を呼び起こし、軽井沢の心を追い詰めさせた。その後軽井沢を救うことで、自らに寄生させ、協力者にする。冬休み前に龍園から助けたことで完全に軽井沢の心を掌握し、春休みには恋人関係になる。これは綾小路が恋愛を学習するため。また、2年次を見通した時に、寄生して生きる軽井沢のままではダメになると判断したため。成長し、恋愛の学習を終えた時、その関係がどうなるのかは綾小路にも未知のことだ。

きっと近い将来、オレはその一つ一つの答えを知る

2年生編に繋がる要素

ホワイトルーム

綾小路の過去を知る上で欠かせないホワイトルーム。約20年前に作られた教育機関で、1年ごとに別々の指導者の下で新しいグループが作られている。綾小路は特に過酷な魔の4期生を生き残ることで「最高傑作」と評価されており、綾小路の父は綾小路を指導者としての道に進ませるために連れ戻そうとしている。月城は綾小路を退学させるために、来年度の新入生にホワイトルームの生徒1名を紛れ込ませるとのこと。

プロテクトポイント

クラス内投票で登場した新制度。賞賛票1位への特別報酬として与えられた。万が一退学措置を受けたとしても無効にする権利で、実質2000万プライベートポイントに匹敵する価値があるといえる。ただし、他人には譲渡できない。月城は綾小路の持つプロテクトポイントを剥がすために選抜種目特別試験に介入した。3学期終了時点での保持者は坂柳有栖と金田悟。今後、プロテクトポイントの扱いに注目したい。

TEST

堀北主催の特別勉強会

本書籍の中からテストを出題！問題は全10問。１問10点配点で、40点未満は赤点。解答は次のページに掲載しているので、何問正解したか答え合わせしてみてください。

第１問　綾小路の生徒紹介セリフ「最後にオレが『●●●』さえいればそれでいい」の『●●●』になにが入るか答えよ。
[配点 10点]

第２問　中間テストで、須藤が赤点を取ってしまった。その英語テストの点数は何点だったか答えよ。
[配点 10点]

第３問　サバイバル試験の舞台になった無人島。その面積は約何㎢か答えよ。
[配点 10点]

第４問　サバイバル試験の結果で最終的なポイントが多い順にA～Dクラスを並べよ。
[配点 10点]

第５問　船上試験の丑（牛）グループの優待者は誰か答えよ。
[配点 10点]

第６問　体育祭で１年生の最優秀選手は誰か答えよ。
[配点 10点]

「忘れないうちに、覚えている問題から解いてみなさい」

第７問　ペーパーシャッフル特別試験で櫛田とペアになった生徒は誰か答えよ。
[配点 10点]

第８問　綾小路が冬休みのWデート後に軽井沢とともに会った人物を答えよ。
[配点 10点]

第９問　11巻で一之瀬が香水をつけるようになった。その香水は何系の香りか答えよ。
[配点 10点]

第10問　A（坂柳）クラスとC（堀北）クラスが戦った選抜種目試験。それぞれのクラスが本命として提出した合計10種目をすべて答えよ。
[配点 10点　部分点なし]

ヒント

問題	ページ
第1問	14P
第2問	115P
第3問	151P
第4問	137P
第5問	149P
第6問	166P
第7問	170P
第8問	191P
第9問	229P
第10問	227P

解答

第1問	第2問	第3問	第4問	第5問
勝って	39点	0.5km	D、B、A、C	小橋夢
第6問	**第7問**	**第8問**	**第9問**	
柴田颯	池寛治	桐山生叶	シトラス系	

第10問
チェス、英語テスト、現代文テスト、数学テスト、フラッシュ暗算、弓道、バスケット、卓球、タイピング技能、テニス

40点未満は赤点。

もしも赤点を取ったなら、もう一度本書籍を読み返そう！

綾小路を付け狙う
ホワイトルームの
刺客とは誰なのか!?

Next chapter
2nd year

綾小路の力を試すため……
堀北は直接対決を挑む！

[巻末特典]

ようこそ
実力至上主義の教室へ

『初めての電話』
『一之瀬帆波の春休み －最終日－』

衣笠彰梧

○初めての電話

春休みも、いよいよ残すところ最後の1日となった。

そんな最後の1日も、気がつけば陽《ひ》が沈み後は寝る準備をするだけ。

クラスメイトたちは今どんな気持ちで、この最後の夜を過ごしているだろうか。

土日を終え月曜日を迎える時のような憂鬱な気持ちなのか、それとも新学年に向けた希望で満《み》ち溢《あふ》れているのか。

かくいうオレはと言うと……基本的には明日の登校を楽しみにしている。

もちろん、面倒なことは多々ついて回る。

堀北《ほりきた》との勝負は言うに及ばず、月城《つきしろ》からの仕掛けに新入生に紛れてくる可能性の高いホワイトルーム生の存在など目の上のたんこぶは少なくない。

しかし、オレはこの学校で学生らしい生活を送るために日々を過ごしている。

休みの日をゆっくりと堪能するのも悪くないが、学生として当たり前のように勉強をして当たり前のように運動をして、という日常が一番充実感を味わえる。

そして何より——

1年前とは大きく異なることが一つある。

夜の10時丁度を迎え、携帯電話が鳴った。

相手の名前はわざわざ確認するまでもないだろう。

軽井沢恵《かるいざわけい》。


クラスメイトであり、そして現在は友人の枠を超えた存在。

いわゆる『彼女』というカテゴリに位置する人物からの連絡。

恋人関係になったものの、実はあれ以来恵と会うことも連絡を取り合うこともなかった。

恐らく恵自身、まだオレたちの関係を整理しきれなかったのだろう。

無理にこちらから連絡することもなく、春休みが明けるのを待っていたが、最終日となった今日の昼間、夜中の10時に電話したいとのチャットを受け取った。

そして、今に至る。

「……やっほ」

電話に出ると、僅かな沈黙の後、どこかぎこちない感じで話しかけてきた。

「ああ」

「うわ、なんか素っ気ない返事」

「そうか？　いや、そうなのかもな」

彼氏らしい返事だったかと問われれば、それはきっと違うだろう。

「おまえからの電話を待ってた」

こんな感じが彼氏らしい返事だろうか。

そう思って言ってみる。

「えええええっ⁉」

電話の向こうで恵が大声を上げると、何かが倒れるような音が聞こえてきた。

「どうした。大丈夫か？」

「だ、大丈夫。べ、ベッドから転げ落ちただけだから。イタタ……」

それは大丈夫と言うのだろうか。

何とか体勢を立て直したのか、息を吐きながら自分を落ち着かせる恵。

「待ってたわけ？　あたしからの電話」

「恋人同士なら相手からの電話を待ち望むのは普通のことじゃないのか？」

「それは、その、そうだけどさ……えっと、なんか清隆《きよたか》らしくないって言うか」

「お互い様だと思うがな」

オレはオレ、恵は恵で今、初めての自分と向き合っている。

その時分は時に予期せぬ行動を取ったり、発言をしたりする。

それをコントロールするのはとても大変なことだ。

だが、そのことについてあえて深くは考えない。

今、自分が自然と何を口にするのか、しているのか。

それすら楽しむように恋愛という世界に身を任せる。

「ん、うん。そうかも。あたし、なんかまだ、現実味が薄いって言うか……あたしたち本当に付き合ってるのよね？」

「当たり前だろ」

「……そう、そうだよね。分かってるつもりなんだけどさ……告白されてから、もし再確認したら告白がなかったことになっちゃうんじゃないかって思って。だから、清隆に電話するのが遅れちゃった」

それが、電話をかけてこられなかった理由らしい。

「って言うか清隆から電話してくれても良かったんじゃないの？」

「何となく恵からの連絡を待ちたかったんだ」

ズルい回答をすると、それが恵にも伝わったようで少し不満そうだった。

だが、程なくしてこの話題から何気ない日常の話に変わっていく。

「あ、そう言えば友達とご飯行ってきたんだけど――」

他愛もない話だが、オレと恵にとってはとても目新しく新鮮なことだ。

今までの関係は友人でも恋人でもなく、使う者と使われる者でしかなかった。

両者、携帯に名前や番号を登録することもなく、基本的に連絡はオレからの一方通行。

それを歪《いびつ》な関係だと人は言うだろう。

それでも、それがオレと恵の間にあった唯一の確かなものだった。

なのに、今はそれが鳴りを潜め別世界が広がっている。

「ちゃんとあたしの話聞いてる？」

相槌《あいづち》がイマイチだったことに気付いた恵が、確認するように聞いてきた。

聞いてる聞いてると答えると、満足してまた話し出す。

中身のある話じゃない。

オレに関係している話でもない。

だというのに、それが不思議と少し面白いとさえ感じた。

「って言うか清隆からも、そのなんて言うか話題振って来なさいよね」

恵ばかり話していたことが不満だったのか、そんなことを要求してくる。

そうは言われても、ことそういったことには疎いと言うか、自分自身が不得意であることは自覚している。

いや、だからこそ今は新しいことにチャレンジすべきなのかもな。

「そうだな……」

それから、どれくらい話していただろうか。

自分でも意外と話すことがあったと言うか、これまでの他愛のない話をした。

他の人間が聞いても、けして楽しくないような話だ。

それを恵は、いつまでも楽しそうに聞く。

時には笑い、時にはツッコミ。

そしてそこから思わぬ方向に話も広がっていく。

少し睡魔が襲ってきたところで時刻を確認すると、11時前。

約1時間も通話していたことになる。

今まで電話してきた中で紛れもない最長だったことは言うまでもない。

「そろそろ終わるか、通話」

明日のことを考えれば、早めに切り上げておいた方がいい。

「そう、ね」

それは恵も分かっていたようで、特に抵抗なく受け入れる。

「また明日。お休み清隆」

「お休み恵」

名前を呼び合うような形で、締めくくる。

「じゃあ――」

そして最後にそう言った恵だが、何故《なぜ》か通話を切ろうとしない。

「どうした」

「なんか、あたしからは切りづらくって……」

どう言うわけか、そんなことを言い出す。

「……だから清隆の方から切ってくれない？」

「分かった」

そっちが切りづらいなら、オレから切ってやる方がいいか。

迷わず通話終了のマークを親指でタップする。

「さて、準備して寝るか」

そう思ったのだが……。

数秒前に通話を切った恵から、再び電話がかかって来た。

何か伝え忘れたことでもあったか？

「どうし――」

「なんでそんな迷いなく電話切れるわけ！」

耳をつんざく悲鳴のような声。

思わず一度携帯から耳を離すが、それでも恵の声が大きく聞こえてくる。

「もっとさ、躊躇《ためら》ったりしないわけ⁉」

「……いや。普通に通話を終わっただけだろ」

明日に備えて通話を切るという流れでお互いに一致していたはずだ。

にもかかわらず、恵は通話を終えたことが気に入らないという。

「だ、だってあたしたち盛り上がってたじゃん！」

「そうだな。オレもこんなに楽しく話したのは初めてだ」

「ならさ、なんて言うか、名残惜しい気持ちみたいなのあったんじゃないの？」

時間が許すならもう少し話したか、という意味であればイエスだ。

「無いわけじゃない」

「いいや、あたしには感じられなかった！」

納得いかないのか、恵は噛《か》みつくように言葉を続けた。

当分の間は携帯を耳につけない方が良さそうだな。

そんな読みは当たったようで、先ほどまでの良い雰囲気はどこへやら、アレが気に入らないコレが気に入らないと盛り上がった話にまでケチをつけだした。

これが女心という奴《やつ》だろうか。

だとしたら、その解析にはしばらく時間を要するかも知れない。

「ふう、ふう。……あぁ、ちょっとスッキリした」

発散したことで気持ちのコントロールが上手《うま》くいったようだった。

「で……どうしたらいい？」

「なにが？」

「もう、11時15分くらいになるぞ」

「あ……」

通話を一度切ってからも、時間は止まることなく進んでいる。

「やっぱり恵の方から切るか？」

「そう、ね……」

こっちの切るタイミングに不安があるのならと思ったが、何故《なぜ》か恵はそれを拒否した。

「あんたが切って。今度は上手くね」

「……上手く？」

思わぬところで、嫌な感じの課題を与えられてしまう。

「そうよ。あたしの気持ちを逆なでしない切り方をしてよ。可愛《かわい》い彼女からのお願い？」

マウントを取り返すように、恵はちょっと意地悪そうに言った。

「可愛い彼女からの、お願い……」

「何よ。何か文句あるわけ？」

「いや、何もない」

オレは起き上がり、パソコンの前に行く。

ネットにならに何か手掛かりが落ちているかも知れない。

「言っとくけど検索とかしないでよ？　聞き耳立ててるから調べたら分かるからね」

まるでオレの行動を読んだかのように恵が回り込む。

伊達《だて》に見込んだ女じゃないな、と感心させられる。

ならば、ここは真剣に自らの力で切り開くしかないだろう。

恋人関係を望んだ自分への試練みたいなもの。

「――そうだな」

一度だけ溜《た》めた後、何故切るのかを説明する。恵を怒らせない理論で。

「さっきは確かに迷わず電話を切った。だが、それはけして恵を軽く考えているからじゃない」

電話の締めくくりに、どんな言葉を贈ることが正しいだろうか。

オレは思いついたことを口にしてみる。

「今日、通話を終えるのは確かに名残惜しい。ただ、明日になれば顔を合わせることが出来る。きっとおまえも同じ気持ちだろ？」

「……うん。あたしだって清隆に会いたい……」

告白からそれなりに時間が経《た》っている。

当然、会いたいという欲求は時間が経つごとに増しているだろう。

「そのためには時間を進める必要がある。オレはそう考えた。のんびり通話して夜更かししてもいいが、それじゃいつまで経っても1日は終わらない」

「うん……」

「オレは早く恵に会いたい。そういう感情が多分、通話を迷わず切らせたんだ」

「……そっか、うん、そっか……」

「分かってくれたか？」

「まあ、ね。一応合格ってことにしておいてあげる」

不満は消えて行ったのか、恵は最後落ち着きのある柔らかい頷《うなず》きを聞かせた。

「恵が切りにくい分、オレが電話を切る。いいな？」

「分かった、明日……学校では話が出来ないかも知れないけど……楽しみにしてる」

「そうだな」

自然な流れで、オレは携帯の通話終了ボタンを押す。

もちろん、恵から再び電話がかかってくることはなかった。

オレと恵の関係は変わったが、その事実は少しの間伏せると恵が決めた。

それが解かれるまでは、表向きの関係上学校での会話は限られる。
だが、人目を盗んで視線を合わせるくらいは叶《かな》うだろう。
こうして、全てのやり残したことを終え春休みは終わりを告げる。
明日からはまた、新しい学校生活がスタートする。
平穏な日々さえ送れればいい。
そんな風に思っていることは、今でも変わらない。
川面《かわも》をのんびりとボートで進んでいけたら言うことはない。
勉強にしろスポーツにしろ恋愛にしろ、いつどこで激流に変わるかは分からない。
それが——学校生活の面白いところでもある。

○一之瀬《いちのせ》帆波《ほなみ》の春休み　―最終日―

春休み最後の日。私はクラスメイトの千尋《ちひろ》ちゃんと麻子《まこ》ちゃんの3人で、ケヤキモールに来ていた。長期休みに入ってからしばらくは一人で考え事をして過ごすことが多かったので、ちょっと新鮮だった。

「帆波ちゃん体調とか崩してなかった？　大丈夫だった？」

いつも誰かといる私には珍しく引きこもることが多かったので、顔を合わせなかったことで心配させてしまっていたのか、麻子ちゃんがそう言う。

「うん大丈夫。ごめんね、何度か誘ってくれてたのに断っちゃって。2年生に向けて色々と対策って言うか、どうしていくかじっくり考えたかっただけだから」

「それならいいんだけど……帆波ちゃん、一人で考え込み過ぎないで相談してね？」

話を聞いていた千尋ちゃんも続くように言う。学年末試験のこともあってか、いつもよりも敏感になってるのは間違いなさそうだね。

「うん。皆のことはとても頼りにしてるから。何かあったら必ず相談するね」

それは本当の気持ちだ。けど、余計な不安を与えたくないという気持ちがあるのも本音。

1年Bクラスは、私のせいで学年末試験で大敗。岐路に立たされているんだから。

ただ、だからこそもっと気を遣って言葉を選ばなきゃいけなかった。安易な発言で２人を心配させてしまった時点で失敗。

「もうホント、私元気１００％だから。春休みでしっかりチャージできたよ」

この春休みの存在は私に大きな活力を与えてくれた。その時間はこれまでの人生に無い、とても色濃いモノだったからだ。当たり前のように友達と遊んだりする、そんな休みとは少し違うもの。綾小路《あやのこうじ》くんとの、あの日のやり取りを思い出すと、今でも胸が熱くなる。彼の部屋で自分の弱さをさらけ出した時、重くのしかかっていた何かがスーッと遠のいていくのを感じることが出来た。まだ戦える。坂柳《さかやなぎ》さんや龍園《りゅうえん》くん、堀北《ほりきた》さんたちとも戦っていけるって思い直すことが出来た。もちろん、他クラスと渡り合っていけるかどうかは蓋を開けてみるまでは分からないけど。少なくとも戦う前に戦意喪失してしまう、という最悪の事態は避けられた。それは紛れもなく綾小路くんのお陰。彼がいなかったら、今もまだ私は立ち直れていなかったかも知れない。大切な友達……とても、私にとって重要な……。その先の言葉は、何故《なぜ》か浮かばなかった。なんて表現することが正しいのか、頭のどこかで考えることを拒絶する自分がいた。何故なら、忘れてはいけないことがあるからだ。それは、私と綾小路くんはクラスが違うということ。けして交わり合うことのない関係であることは、変えようのない事実。1年前のように大きくクラスポイントが離れていて協力し合えた時と違い、その差は大きく詰まっている。

堀北さんにも面と向かって言われたように、既に競い合うライバルのクラス。

つまり戦うことになれば、そこには余計な感情を持ち込んじゃいけないことになる。

もしも、私と綾小路くんが同じクラスだったなら……。

そしたら、こんな悩みも全部なくなって、迷わず戦っていけるのに。

「ダメダメ。そんなこと考えてたら……！」

自分の中にある抑えきれない感情を振り払うように、私は左右に大きく首を振った。

「ど、どうしたの？　帆波ちゃん」

突然首を振った私に驚いたのか、麻子ちゃんがどこか心配そうに顔を覗《のぞ》き込《こ》んできた。

「ごめんごめん、何でもないの」

どうしても仲の良い友達の前だと、気が緩んでしまいがちだ。

しっかりと気を引き締める。折角の春休み最後の日。私と会うことを楽しみにしてくれていた友達の前なんだ、今は余計なことを考えるのはやめよう。

まずは2年生が始まった時のことを最優先しないと。

余計なことを考えるのは、状況が落ち着いてから、余裕が出てからだ。

今はまだBクラスだけど、もう上位クラスである余裕は一切ない。

ここからは横並びだった入学当初のつもりで、やっていかないといけない。

――明日から、私たち2年Bクラスの新しい戦いが始まる。

ようこそ実力至上主義の教室へ
1年生編公式ガイドブック First File

	2024年11月25日　初版発行
原作	衣笠彰梧
編集	朝倉佑太（SUNPLANT）
執筆	加山竜司
デザイン	佐相妙子（SUNPLANT）
発行者	山下直久
発行	株式会社KADOKAWA 〒102-8177 東京都千代田区富士見2-13-3 0570-002-301（ナビダイヤル）
印刷・製本	株式会社広済堂ネクスト

©Syougo Kinugasa 2024
Printed in Japan　ISBN 978-4-04-684215-2 C0193

◎本書の無断複製（コピー、スキャン、デジタル化等）並びに無断複製物の譲渡および配信は、著作権法上での例外を除き禁じられています。また、本書を代行業者等の第三者に依頼して複製する行為は、たとえ個人や家庭内での利用であっても一切認められておりません。
◎定価はカバーに表示してあります。

●お問い合わせ
https://www.kadokawa.co.jp/（「お問い合わせ」へお進みください）
※内容によっては、お答えできない場合があります。
※サポートは日本国内のみとさせていただきます。
※Japanese text only

◇◇◇

【ファンレター、作品のご感想をお待ちしています】
〒102-0071 東京都千代田区富士見2-13-12
株式会社KADOKAWA　MF文庫J編集部気付「衣笠彰梧先生」係　「トモセシュンサク先生」係

読者アンケートにご協力ください！

アンケートにご回答いただいた方から毎月抽選で10名様に「オリジナルQUOカード1000円分」をプレゼント!! さらにご回答者全員に、QUOカードに使用している画像の無料壁紙をプレゼントいたします！

■ 二次元コードまたはURLよりアクセスし、本書専用のパスワードを入力してご回答ください。

http://kdq.jp/mfj/　　パスワード　rt2y2

●当選者の発表は商品の発送をもって代えさせていただきます。●アンケートプレゼントにご応募いただける期間は、対象商品の初版発行日より12ヶ月間です。●アンケートプレゼントは、都合により予告なく中止または内容が変更されることがあります。●サイトにアクセスする際や、登録・メール送信時にかかる通信費はお客様のご負担になります。●一部対応していない機種があります。●中学生以下の方は、保護者の方の了承を得てから回答してください。